당신은 지금도, 충분히

당신은 지금도, 충분히

김효원 지음

무한

Prologue

지지난해, 가을에서 겨울로 넘어갈 무렵이었다.

그때 나는 소위 아홉수였는데, 그전 그전의 전 아홉수와는 비교도 안될 정도로 아홉수 증후군을 된통 앓았다.

아홉수가 십년 단위로 인생이 격변하는 통과의례라면 앞으로의 인생에는 또 어떤 격변이 나를 기다리고 있을 것인가, 이렇게 아무런 영광도 없이 나이만 먹어도 되는 걸까, 나이가 주는 압박 때문에 미간에 주름을 잔뜩 만들며 고민이 많았던 시간이었다.

도무지 끝나지 않을 것 같던 그해 겨울에 품었던 인생의 물음표는 북쪽에서 나타난 귀인이 말끔히 해소해 주었다. 인생의 클라이맥스를 맞아 왕성하게 활동하고 있는 도사님, 아니 귀인은 내게 말했다.

"나는 예순에 내 인생에서 가장 바쁜 삶을 살고 있다. 내가 예순에 이렇게 바쁘게 지낼지 젊었을 때는 조금도 짐작할 수 없었던 일이었다. 나이는 두려워해야 할 대상이 아니다."

그분의 말씀을 듣고 나니 징그러운 뱀이나 벌레가 가득할 거라고 생각했던 항아리에서 금화를 가득 발견한 듯한 기분이 들었다.

무조건 도망치고 싶었던, 보톡스를 통째로 들이붓고라도 팽팽해지고 싶었던, 죄를 짓는 것만 같았던 '나이 먹기'에 대한 두려움이 이날 사라졌다. 대신 미래에 대한 기대와 오늘 해야 할 일에 대한 생각들이 그 자리를 채웠다.

귀인은 또 이렇게 말했다.

"그 어떤 일에 뜻을 품었다면 3년 동안 열심히 공부해야 한다. 3년을 꼬박 공부하면 분명 자신이 원하던 바로 그 모습의 사람이 될 수 있다."

대학을 졸업한 이후 3년은커녕 3시간도 제대로 공부한 기억이 없다는 사실을 떠올리며 지금 내가 원하는 모습의 사람이 되지 못한 이유마저 끄덕끄덕 수긍할 수 있게 됐다.

또 이렇게 덧붙였다.

"부족한 것은 적극적으로 채우되, 가진 것을 돌아볼 줄 아는 눈도 키워라."

생각해 보면 늘 부족하다고 느꼈다. 정확히 무엇이 어떻게 얼마나 부족한지 알지 못한 채, 막연히 무언가 많이 부족하다고 생각했다. 채우고 싶은 것이 무엇인지 모르니, 채울 수도 없었는데도 말이다.

이처럼 내게 부족한 것은 적극적으로 채워야 한다. 그것이 새로운 세상을 열어 주는 공부라면 더더욱 그렇다.

그러나 만약 부족하다고 느껴지는 강박관념에 지나지 않

는다면 의식의 밑바닥을 다시 점검해 봐야 한다.

　살아갈수록 사는 일이 만만치 않다는 걸 느낀다. 욕심이 많아지기 때문이다. 내가 하나의 항아리라면 채울 수 있는 공간은 분명 정해져 있다. 매 순간마다 항아리를 열심히 비우고 채우며 살아가야 한다.

　오늘도 열심히 고민한다.

　무엇을 버리고, 무엇을 비울 것인가.

— 김효원

Contents

Chapter 2
가치 있는 성장

Chapter 3
기쁨은 혼자 빛나지 않는다

Chapter 4

웃으며 위기를 극복하는 법

Chapter 1

비교하지 않는 행복

인생은 초콜릿 상자에 있는 초콜릿과 같다.
어떤 초콜릿을 선택하느냐에 따라 맛이 달라지듯이
우리의 인생도 어떻게 선택하느냐에 따라
결과도 달라질 수 있다.
─영화 〈포레스트 검프〉 중에서

당신은 지금도 충분히

늘 부족하다고, 안절부절하지 마세요.

누군가와 비교하며 자신을 지옥으로 몰아넣지 마세요.

당신은 지금도 충분히 멋져요.

당신은 지금도 충분히 훌륭해요.

당신은 지금도 충분히 잘하고 있어요.

행복? 안녕!

　행복의 범람 시대다. 여기서도 행복, 저기서도 행복을 외친다. 마치 '지금 행복하지 않은 자는 모두 유죄' 라고 말하는 듯한 분위기다.

　행복, 행복이 무엇인지 알 수는 없지만 행복해야 할 것 같은 생각이 든다. 행복해야 하기 때문에 남보다 돈이 많아야 하고, 행복해야 하기 때문에 남보다 눈이 더 커야 하고, 남보다 행복해야 하기 때문에 남보다 날씬해야 한다. 남보다 행복해지기 위해 아침부터 저녁까지 뛰고 달리고 움직인다. 어쩐지 그 행복이란 놈을 만나지 못한다면 세상에 둘도 없이 실패한 인생처럼 느껴진다.

그러나 달리면 달릴수록 올무에 걸린 짐승처럼 옥죄여 오는 불행의 그림자를 느끼게 되는 건 어쩐 일일까? 불행이야 말로 요즘 도시인들에게 최대의 두려움인데 말이다.

그리하여 행복의 개념에 대해 다시 생각해 봐야 할 필요성이 생겼다.

"행복은 서양의 개념인데, 이 개념을 충족하려 하다 보니 삐걱이게 되는 겁니다."

어느날 한 선생님이 해주신 말씀을 듣고 무릎을 탁 쳤다. 그동안 행복에 관한 무수히 많은 책들을 읽고 행복을 찾아 헤맸지만 2% 부족했던 마음이 풀리는 기분이었다.

행복이란 것이 우리의 정서가 아니기 때문이었다. 지금이 상투 틀고 한복 입는 조선시대도 아니고, 도쿄에서 점심 먹고 하와이에서 저녁 먹을 수 있는 글로벌 시대이므로 고유의 정서를 운운하는 것이 시대착오적일지 모른다.

그러나 아무리 글로벌 시대라 할지라도 한국인의 DNA에 전해져 내려오는 무의식이 분명히 있다. 행복이라는 개념이 우리의 것이 아니었기 때문에 행복하지 않았던 거였다.

우리에게는 '행복' 보다 '안녕' 이라는 단어가 더 편안하다. 우리가 사람들을 만나면 하는 인사는 "안녕하세요, 안녕히 계세요" 다. "행복하세요" 나 "부자되세요" 가 등장한 것은 급속한 산업화 이후임에 틀림없다.

'행복'이 적극적으로 찾아나서는 개념이라면, '안녕'은 삶의 불편이 없는 상태를 뜻한다. 그렇기에 불편함 없는 일상이면 안분지족할 수 있게 되는 것이다. 안녕한 삶을 사는 것에 대해 만족한 삶. 눈에 불을 켜고 행복을 찾아나서지 않아도 된다.

조금 벌어 조금 쓴다고
조금 행복한 건 아니다

돈을 열심히 버는 한 남자에게 누군가 물었다.

"당신은 왜 돈을 법니까?"

"은퇴해서 강가에 집 짓고 인생을 만끽하면서 살려구요."

그러자 그가 물었다.

"지금 당장 그렇게 살 수 있는데 왜 그렇게 하지 않나요?"

아침이면 눈 비비고 일어나 출근하고 해가 기울어야 집으로 돌아오는 생활을 반복하다 보면 덩달아 인생에 대한 원본적인 질문이 이어진다.

'왜 일하지? 왜 아무리 일해도 행복해지지 않는 걸까?'

처음 사회생활을 시작했을 때는 원고지에 볼펜으로 기사를 썼다. 빨간 칸이 그려진 원고지에 꼭꼭 눌러 쓰다가 틀린 글자가 생기면 구겨버리고 새로 썼다. 이런 방식이었으니 자판을 톡톡 두드리는 지금보다 얼마나 시간이 많이 걸렸겠는가. 그러나 희한하게도 그때 야근이 지금보다 훨씬 적었다.

월급도 마찬가지다. 첫 월급이 80만 원 정도였다. 지금 생각하면 그 돈으로 어떻게 살았나 싶지만, 그 돈으로 엄마 용돈도 드리고 친구들과 술도 마시고 책도 사고 저축도 했다.

· 지금은 그때보다 월급이 몇 배 많아졌지만, 엄청나게 풍요로워졌다는 느낌은 들지 않는다.

'얼마큼의 돈을 벌어야 만족할 것인가?'

일단 자신의 목표치를 구체적으로 아는 게 중요하다. 내가 얼마를 벌면 어디쯤에서 달리기를 멈추고 걷기 시작할 것인가에 대해 계획해 놓아야 한다.

마라톤도 목표점이 있다. 그 목표점을 향해 달려가기 위해 속력을 조절한다.

최근 설문조사에 의하면 얼마 정도를 가져야 부자라고 생각하느냐는 질문에 50억 원을 꼽았다고 한다.

왜 50억 원이나 필요한지 스스로에게 질문해 본다.

집 장만?

명품 쇼핑?

해외 여행?

노후 준비?

미래에 어떤 일들이 벌어질지 알 수 없지만, 노후를 편안하게 보내기 위해서 50억 원이나 되는 거금이 필요할까? 과연 50억이 있으면 우리는 노후에 행복을 보장받을 수 있을까?

· 인생은 아무도 예측할 수 없다. 먼 훗날 50억 원이 없어서 눈물을 흘리게 되는 날이 올지도 모르지만, 50억을 버느라 인생의 가장 혈기왕성한 시기에 꽃도 나무도 보지 못하고 돈만 벌며 지내고 싶지는 않다.

미래를 위한 돈의 목표를 반의 반의 반쯤으로 줄이고, 꽃과 나무를 보는 데 몇 시간쯤 내보는 건 어떨까. 적게 벌어서 적게 쓴다고 조금 행복한 건 아니니까.

열정을 꺼내세요

그가 말했다.

"당신은 지금 그 상태로도 무척 훌륭해요. 당신이 이미 가지고 있는 장대를 꺼내 장애물을 뛰어넘을 열정이 부족한 거죠."

가을이면 붉게, 노랗게 물드는 단풍잎은 가을이 됐다고 알록달록한 색을 만들어내는 것이 아니라고 한다. 엽록소의 초록빛에 가려져 있던 붉은 색, 노랑색이 엽록소가 현저히 줄어들면서 드러나는 것이라고 한다.

지금 가지고 있는 것을 십분 활용하더라도 충분한데, 가지지 못한 것에 대해 안타까워했던 날들이 부끄러워졌다.

내 속의 못난 나는 늘 속삭인다.

'잘 못할 것 같아!'

동시에 전력질주하고 싶은 욕망이 고개를 든다. 나는 이 두 가지 욕망 사이에서 갈등한다.

늘 그만큼의 갈등. 늘 그만큼의 열정. 늘 그만큼의 집착. 늘 그만큼의 포기.

그 어느 것에도 전력 질주하지 않고도 일정 수준에 도달하고 싶은 마음은 욕심이다. 욕심이 아니라 열정만이 내 안의 장점을 드러내 준다.

긍정이라는 주문

가지지 못한 것을

안타까워하기보다

가진 것을

찾아내

끈질기게

긍정하기.

지금 하지 않는 것은
절실하지 않은 것

직장인이어서 불행하다고 생각한 적이 있다. 매일 똑같이 다람쥐 쳇바퀴 돌듯 돌고 있는 나 자신을 확인할 때마다 슬퍼졌다.

숨이 턱까지 차서 휴가원을 던지고 쉰 적이 있다. 한 달 동안 안식월 휴가를 냈다. 휴가기간 동안 엄청난 충전을 하고 돌아가리라 생각했지만, 순전히 착각이었다는 사실을 곧 깨달았다.

한낮이 되어 느즈막히 일어나 하루를 시작하려고 하면 어느새 하루가 끝나는 시간이 되곤 했다. 그동안 시간이 없어서 내가 하고 싶은 일을 못했다고 생각했었다. 그 생각은 착각이었다. 시간은 많았지만 딱히 아무것도 하고 싶은 것이 없었다.

조용한 곳으로 여행을 떠나고 싶었고, 만나지 못했던 사람들을 만나 오래 이야기 나누고 싶었고, 읽지 않고 쌓아둔 책을 읽고 싶었다. 그러나 휴가 동안 하고 싶었던 것들의 십분의 일도 하지 않았다.

결국 그동안 하지 못했던 것들은 시간이 없어서가 아니라 마음이 없어서임을 시간의 범람 속에서 깨달았다. 시간이 주어진다고 해서 삶의 질 역시 덩달아 높아지는 것은 아니라는 사실을 명백히 알게 된 휴가였다.

그날 이후 책상머리맡에 이 문장을 붙여 놓았다.

'지금 하지 않는 것은 절실하지 않은 것.'

읽지 않은 책, 보지 않은 영화, 그리지 않은 그림; 만나지 않은 사람, 쓰지 않은 편지...

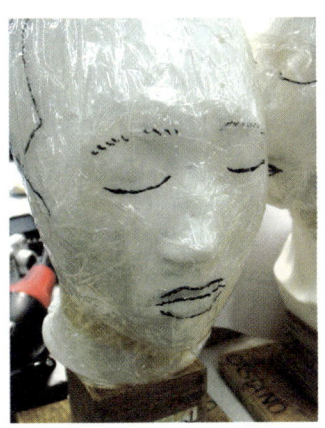

선글라스

색안경은 잠시 벗어요.

맨눈으로 세상을 바라본다면

세상은 그렇게 어둡게 느껴지지만은 않을 거예요.

열어요

지금 열어요.

묵은 먼지를 털고

마음을 열기만 하면 돼요.

리얼 라이프

나이가 들면서 빠지기 쉬운 함정이 바로 '사회적 인생살기'다. 사회적으로 부여된 역할에 충실한 것은 좋으나, 문제는 여기에 자기 자신이 결여되어 있다는 거다. 돈 잘 벌고 능력 인정받고 잘나가는 것과는 별개의 문제다.

겉으로는 건강한 척, 바쁜 척, 씩씩한 척하면서도 누가 건드리기라도 하면 휘청하며 무너져내릴 것 같은 기분을 느낀다. 허술함을 감추고 싶은 마음에 외양을 치장하다 보니 겉모습은 더욱 화려해지고, 심하면 대외적인 '나'와 내적인 '나'로 분리되는 경우도 있다.

누구에게 보이기 위한 삶을 사는 건 위험하다. 모든 것을 다 가진 것처럼 보이는, 완벽한 인생을 사는 듯 보이는 유명인들이 종종 자살을 선택하는 사례를 봐도 알 수 있다.

사상누각과 같다. 뼈대를 든든히 세운 집이 아니라 얼기설기 지어진 그 집은 어느 기둥 하나가 빠지면 우르르 무너질지도 모르는, 모래 위의 집이다.

중요한 것은 '리얼 라이프'다.

사회적 요구와 자신의 욕구를 분별할 수 있어야 이런 문제로부터 벗어날 수 있다. 자기 자신에 대한 확신과 자신감이 있어야 누구의 시선에 흔들리지 않는 꽉 찬 인생을 살 수 있다. 그 누가 부여한 인생이 아니라 자기 자신의 인생을 사는 것, 그것이야말로 '리얼 라이프'다. 우리는 리얼 라이프를 살아야 한다.

눈을 감고 천천히 기억을 되살려보자.

'내가 원하는 인생이 무엇이었나.

지금 내 인생은 그것과 닮아 있는가?'

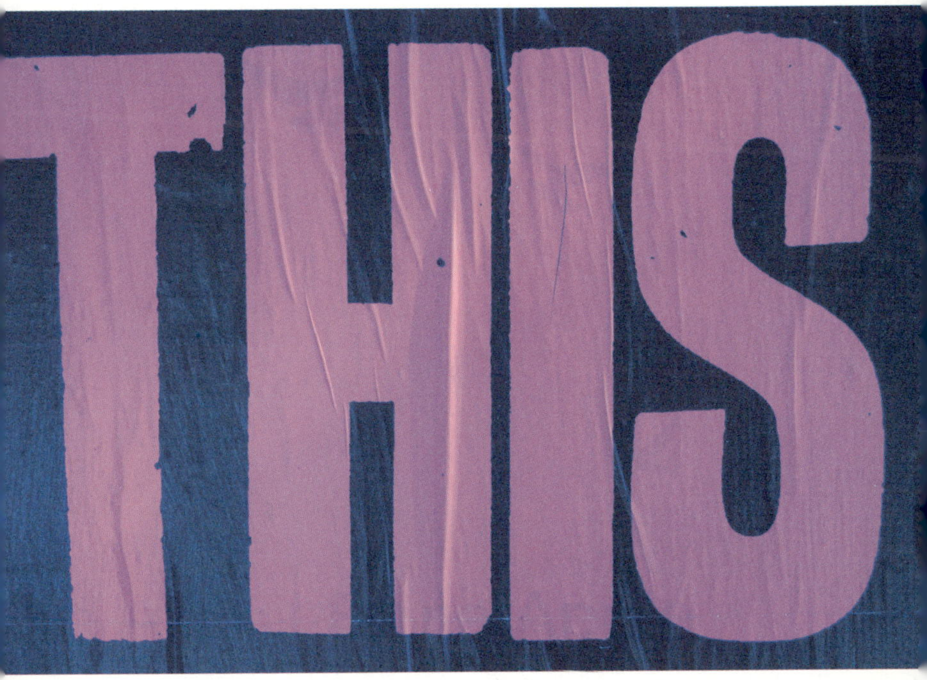
THIS

이웃의 행복에 박수를

누군가 미치도록 부러워서, 내 자신이 상대적으로 초라하게 느껴져 방문을 걸어 잠그고 울어본 기억이 있다. 그때 미치도록 부러웠던 그 대상은 사실 사회적으로 엄청난 부와 명예를 거머쥔 사람은 아니었다. 아니 사회적 기준으로 보면 어쩌면 부족하다 느껴질 수도 있는 사람이었지만 그가 그토록 샘이 났던 것은 바로 내 주변 사람이었기 때문이다.

내 손이 닿지 않는 저 먼 곳의 사람들 일이야 단순히 선망의 대상이지만, 내 바로 곁에 있는 사람의 경우에는 이야기가 달라진다. 모래 빼앗기 놀이를 하다 마치 내 모래를 모두 빼앗긴 듯한 기분마저 느껴진다.

가만히 생각해 보면 '기쁨은 나누면 배가 되고 슬픔은 나누면 반이 된다' 는 속담은 절반은 틀렸다. 슬픔은 얼마든지 나눌 수 있지만 기쁨은 온전히 나누기가 무척 어렵다. 이웃의 아픔을 내 아픔처럼 슬퍼할 수 있지만 이웃의 기쁨에 순도 100%의 박수를 보내주기란 결코 쉬운 일이 아니다.

이웃이, 동료가 얻은 기쁨을 내가 가진 것과 견주어 보는 태도는 잔잔한 마음에 큰 폭풍을 일으키고 만다.

'주위 사람들이 잘돼야 나도 잘된다' 고 생각해야 한다는 B선생님의 말씀을 듣고 나서야 폭풍 치던 마음이 가라앉았다.

주변 사람들의 기쁨을 온전히 축하해 주어야

내 기쁨도 마음껏 축하받을 수 있다는 사실을 기억해야 한다.

맛있게 먹는 나이

많은 사람들을 만나다 보면 사람마다 각각 고유의 향기가 있다는 사실을 알게 된다. 은은한 향기를 가진 사람이 있는가 하면 머리가 아파질 만큼 진한 향기를 가진 사람도 있다. 향수를 말하는 것이 아니다. 그 사람이 가진 내면의 모습이 외부로 뿜어져 나오는 아우라에 관한 이야기다.

시간은 누구에게나 공평해서 누구나 한 살씩 공평하게 나이를 먹는다. 그러나 시간이 주는 나이를 그냥 먹은 사람과 맛있게 먹은 사람은 차이가 있다.

내가 얼마나 제대로 나이를 먹어가고 있는지에 대해 타인과 견주어 봐야 한다. 주름살이 더 적고 흰머리가 적어야 하는 게 아니라, 나이에 맞게 성숙해가고 있는지를 점검해 봐야 한다는 의미다. 성숙해지지 않는다면 그건 나이를 먹는 게 아니라 그저 숫자를 더해가는 것일 뿐이다.

　나만 생각했던 눈을 들어 주변을 돌아보고, 그래도 희망을 생각하는 긍정의 깃발을 품고, 꼭 해야 하는 일들을 완수하려고 노력할 때 진짜 나이를 먹게 된다.

남을 다스리기는 쉽다,
나를 다스리는 것에 비하면

　연초에, 월초에, 매일 아침마다 여러 가지 계획을 세운다. 그
중 많은 비중을 차지하고 있는 것이 나 자신을 컨트롤해 내가
원하는 모습이 되고 싶다는 소망이다.

　그러나 무수한 다짐에도 불구하고 결심은 번번이 깨진다. 매
일 저녁이면, 월말이면, 연말이면 자신과의 약속을 지키지 못해
자괴감에 빠진 나 자신과 만난다.

　이럴 때면 타인이 내 마음 같지 않다고 화를 냈던 날들이 떠
오른다. 내가 원하는 대로 움직여 주지 않는 상대방을 향해 분
노했던 시간들이 말이다.

　생각해 보면, 자신과 한 사소한 약속도 이렇게 지키기 어려
운데 타인이 어찌 내 마음같이 움직여 줄 수 있을까? 타인 역시
자신의 마음대로 컨트롤하지 못하는 자신 때문에 좌절하고 있

을지도 모르는 일이다.

　남을 다스리는 일은 오히려 쉬울지 모른다. 그가 가진 장점을 공략하든, 그가 가진 단점을 공략하든.

　오히려 어려운 것은 나 자신이다. 아침에 일찍 일어나 달리기로 한 약속, 주변 사람들에게 화내지 않기로 한 약속, 주말이면 책을 읽기로 한 약속. 지키지 않는다 해도 그 누구도 이의를 제기하지 않기 때문에 슬쩍 파기해 버리고 마는 약속들이다.

　타인에게 향한 관심을 나에게로 돌려 나 자신에게 집중해야 한다. 그리하여 나 자신을 충분히 컨트롤할 수 있어야 나이 앞에 당당해질 수 있다.

용기 연습

　일 때문에 25층 아파트를 짓는 공사 현장에서 타워크레인에 올랐던 적이 있다. 타워크레인의 꼭대기는 엘리베이터로 오르는 것이 아니라 공중에 난 사다리를 걸어 올라가게 돼 있었다. 아무 안전장치 없는 철제 사다리를 타고 수십층 높이의 타워크레인에 오르는 동안 든 단 하나의 생각은 떨어지면 안된다는 한 가지였다. 올라가는 동안 얼마나 사다리를 세게 잡았는지 팔이 후들거렸을 정도였다. 이날 25층 높이의 타워크레인에 올랐다 내려온 후에 나는 고소공포증이 없다는 사실을 알았고, 또 그 어떤 두려운 일도 해낼 수 있다는 자신감이 생겼다.

　어려운 일을 겪고 나면 영혼이 한 뼘쯤 성장한다. 그리하여 조금 더 성숙한 인간으로 숙성하게 된다.

닮고 싶지 않은 사람 리스트

주변에 자랑을 일삼는 사람이 있다. 어느날은 새로 산 옷을 자랑하고, 어느날은 수익이 많이 난 주식을 자랑하고, 또 어느날은 아파트를 자랑한다.

그 사람과의 대화는 하이틴로맨스 소설처럼 정형화돼 있다. 그는 왜 틈날 때마다 자신이 가진 것을 자랑하는 걸까?

우리가 꼭 닮고 싶은 사람을 멘토로 삼아 항상 본받으려 한다면, 그 반대로 닮고 싶지 않은 사람의 리스트를 만드는 것도 중요하다. 닮고 싶지 않은 모습의 사람에게서 절대 닮아서는 안 될 삶의 자세를 배울 수 있기 때문이다.

　　이 리스트를 살펴보면 자신이 어떤 모습으로 살아가야 하는지에 대한 답이 보인다. 남의 기분은 아랑곳없이 제 자랑을 늘어놓거나, 탐욕스럽게 돈 욕심을 낸다든가, 걸핏하면 부하 직원에게 화를 낸다든가. 내가 가장 혐오하는 모습을 닮아가지 않기 위해 닮고 싶지 않은 사람 리스트가 필요하다.

내 보폭으로 걷기

"서울의 속도를 따라가기보다 내 걸음을 걷겠다"며 지방으로 귀농한 후배 J가 있다. 서울에서 태어나 30대 초반까지 서울의 문화 속에서 살며 도시적 삶에 익숙한 후배는 농사에 대해 경험해 본 적이 없었기에 먼저 농사학교에 입학했다.

농사학교에서 1년에 걸쳐 씨 뿌리는 법, 거름 주는 법, 수확하는 법 등을 꼼꼼하게 배운 후에 집을 구하고 땅을 구해 농촌에 자리를 잡았다.

서울의 삶을 내려놓고 농촌으로 내려간 후배의 얼굴은 화장기 하나 없었지만 맑게 빛나고 있었다. 서울에서 온 손님을 위해 맑은 김칫국이며 양파 장아찌로 차린 밥상을 차려온 후배와 함께 밥을 먹으며 한참을 이야기했다.

빠른 속도로 사람들을 몰아치는 도시의 삶을 더 이상 헉헉대며 따라가고 싶지 않았다는 후배는 속도의 컨베이어벨트에서 내려오고 나서야 진정한 자신의 모습을 알아가고 있다고 했다.

시장이 만들어준 욕망을 쫓아 왜 달리는 줄 모르고 달리는 삶이 아니라 느리더라도 자신의 보폭으로 천천히 걷는 삶을 택했다며 웃는 후배의 얼굴이 눈부셨다.

아름다운 사람을 떠올리면
마음도 예뻐진다

해마다 가을이면 떠오르는 선생님이 있다. 시를 쓰면서 감 농사를 짓는 분이다. 가을이면 선생님이 수확한 감을 사서 베란다에 놓는 것으로 나만의 월동준비를 시작한다. 찬바람을 맞으며 직장에서 돌아온 겨울 저녁, 차가운 감을 사각사각 깎아 오도독 씹어 먹으면 겨울이 든든하다.

선생님이 들려주는 아름다운 시어를 들으며 익었을 것만 같은 감은 달콤하고 시원하다. 겨우내 감을 깎아 먹으면서 내 영혼마저 맑아지는 기분이 든다.

아름다운 사람을 생각하면 마음이 환해진다. 생각하는 동안 입가에 미소가 번지고 얼굴 표정이 환해진다.

Chapter 2

가치 있는 성장

작은 꿈들을 이루면 모여서 더 큰 꿈이 되는 거야.

－영화 〈샤크〉 중에서

가장 있고 싶은 곳에서
가장 소중한 시간을 보내라

매일 저녁, 누군가를 만나야만 괜찮게 살고 있는 거라는 강박관념을 가졌던 때가 있었다. 수첩을 열면 한 달치의 저녁 시간마다 누군가의 이름이 빼곡히 적혀 있었다. 시끌벅적한 사람들 틈바구니에 섞여 있으면 세상으로부터 소외되지 않았다는 안도감이 들었다. 지나간 달력을 열어 수많은 사람들의 이름을 훑어보며, '아 그래도 괜찮은 시간을 보냈구나' 스스로 뿌듯해하곤 했다.

하지만 문제는 이런저런 모임들이 내가 진정 원하는 자리가 아니라는 거였다. 와 주면 좋겠다는 말을 들으면 부름받은 마징가제트처럼 날개를 붙이고 날아올라야 한다는 사명감에 불탔다. 잠이 부족해 눈 밑에 검은 그늘이 진해지거나 입술에 물집이 생기는 날이 많았지만 크게 신경쓰지 않았다.

인생은 매 순간 선택을 강요한다. 눈을 뜨면, 지각을 하고 아침을 먹을 것인가, 혹은 눈썹 그리는 것을 포기하고 34분 지하철을 향해 달릴 것인가를 판단해야 한다. 79:21 정도의 문제라면 선택은 쉬울 것이다. 그러나 대부분의 문제들은 51:49의 비중으로 우리를 괴롭힌다.

한 친구가 나에게 이런 이야기를 했었다. 너는 누구에게나 잘해야겠다는 강박증이 있는 것 같다고. 모든 곳에 다 있을 수 없고, 누구에게나 잘할 수 없다는 건 불변의 진리다.

　두 명의 친구가 있는데 둘 다 SOS를 요청해 왔다면 나는 손오공처럼 분리술을 쓰지 않는 한 한곳밖에 갈 수 없다. 아마 과거의 나였다면 덜 소중한 친구 B에게 먼저 달려갔다가 이후 A에게 달려가 오랜 시간을 함께 보낼 것이다. 어쩌면 그 반대로 했을지도 모르겠다. A에게 달려가 오래 시간을 보낸 후 B에게 간다.

하지만 지금은 달라졌다. 함께 하고 싶은 한 명에게 가서 충실한 시간을 보내겠다. 내 자신을 피폐하게 만들면서까지 상대에게 봉사해야 한다는 생각은 좋지 않다는 걸 알았기 때문이다.

"세상 모든 것을 다 가질 수 없다면 가장 소중한 걸 가지도록 합시다."

어느 날, 한 친구가 내 손에 쥐어준 쪽지에 반듯하게 적혀 있던 문장이다. 그 친구는 연락이 끊겨 지금 어디에서 뭘 하며 사는지 모르겠지만, 이 문장만은 오래도록 기억에서 사라지지 않고 내 인생의 방향을 정해 준다.

어떤 선택 앞에 서게 되면 나는 이제 스스로에게 질문을 던진다.

'내게 가장 소중한 것이 무엇인가?'

젊은 태도

한 예술가 단체의 활동에 우연히 동참하게 됐다. 20대부터 60대까지 다양한 연령대의 예술가들이 모여 공동 프로젝트를 펼치기도 하고 각자의 예술 세계를 심화하는 곳이다.

이곳에서 만난 선생님들이 근사하게 나이 들기 위해 꼭 필요한 것들을 깨닫게 해주었다. 그것은 돈도, 가방도 아닌 젊은 태도였다.

적게는 10여 명, 많게는 20여 명쯤 되는 회원들이 매달 강원도 철암 폐광지역을 찾아가 그 지역을 각자의 작업에 투영한다. 그 여행에서 50~60대의 연세 지긋한 선생님들의 열정과 정신 그리고 태도는 신선한 충격으로 다가왔다.

선생님들은 민박집 단칸방에서 이불 몇 채를 더 얻어 딱딱한 바닥에서 콩나물처럼 붙어 자는 불편한 잠을 마다하지 않았다. 어떤 일을 할 때도 나이 어린 후배들에게 시키는 게 아니라 먼저 나서서 움직였다. 늦은 밤까지 격론에 격론을 벌이는 모습도 인상적이었다.

선생님들을 만나게 된 뒤, 달라진 점이 있다면 나이에 대한 부담을 덜어 버린 일이다. 사람을 나이들게 하는 건 물리적인 나이가 아니라 태도 때문이라는 걸 선생님들에게서 배웠다.

| 오요나, 지하철의 낮잠, 50호, 캔버스에 아크릴 |

매너리즘 극복하기

신입사원으로 들어왔던 후배가 3개월 만에 회사를 그만 뒀다. 청운의 꿈을 안고 회사 문턱을 넘은 후배는 어렵다는 취업을 포기하고 다시 취업준비생으로 돌아갔다. 후배는 자 신이 원하던 일을 하는 곳이 아닌 것 같아 그만둔다고 했다. 자신이 꿈꾸던 그곳이 아닌 것 같다고.

그 친구가 고민하며 회사를 그만둔 순간, 잊었던 나의 사 회 초년병 시절이 떠올랐다. 그때의 나는 철없고 무모했고 젊었다. 언제든지 사표를 쓸 준비가 돼 있었다. 지금은 컴퓨 터에 저장된 사표를 출력하기만 하면 되지만, 예전에는 하 얀 종이에 사직서를 쓰는 비장함이 있었다.

매일 사표 쓰는 꿈을 꾸던 그때가 그립다. 지금은 사표에 대한 충동을 억누르는 100가지 방법 따위를 생각한다. 그만 둘 수 없는 이유를 100가지쯤 대곤 한다. 난 그 후배의 젊음 이 부러웠다. 나도 그랬던 때가 있었는데 내 엉덩이를 이토 록 무겁게 만든 건 무엇이었을까? 순도 100%의 지방덩어리?

지난 일은 금세 잊힌다. 일상에 권태가 찾아오는 것은 그 런 이유다. 첫 마음을 잊어버리기 때문. 권태는 청태가 끼듯 천천히 그러나 위협적으로 물을 흐린다. 진흙을 뿌려 주는 것만으로는 해결되지 않을 때도 있다.

일본 한 극단의 복도에 붙어 있는 경구는 그런 의미에서 가슴 서늘한 마음가짐을 만들어 준다.

'한 음이라도 떨어졌다면 나가라, 매너리즘에 빠졌다면 나가라.'

매일매일 실력을 닦고, 매너리즘에 빠지지 않게 자기 자신을 시퍼렇게 날 세우라는 경고. 굳이 극단의 배우들뿐 아니라 우리 모두에게 해당되는 이야기다.

오늘 하루 늘 하던 대로 관성의 법칙에 따라 움직이지 말고 첫 마음으로 처음 입사했을 때의 그 마음으로 다시 시작해 보기로 작정한다.

매너리즘에 빠졌다면 나가라.

경고

한 음이라도 떨어진 자 나가라,
매너리즘에 빠졌다면 나가라.

일본의 한 극단
복도에 붙여진 경고문.

굳이 배우가 아니더라도
잊지 말아야 할 경고.

매너리즘에 빠졌다면 나가라.

매번 같은 사람들과
같은 얘기는 이제 그만

이런저런 모임을 통해 사람들을 만난다. 직업과 연령대가
조금씩 다른 모임들이다. 오래된 모임일수록 그들과 만나
나누는 대화가 늘 비슷한 패턴을 반복한다는 사실을 어느
순간 알게 됐다. 남자들이 끼어 있지 않은, 싱글인 여자로만
구성된 모임의 경우를 예로 들면 이야기의 패턴은 이렇다.

〈패턴1〉 근황-재테크-남자-용한 점집

"요즘 어떻게 지냈니?"로 시작해서 "요즘 주식이 뜬다더
라"로 이어졌다가 "어디 괜찮은 남자 없나?"에서 "점이나
보러 갈까?"로 마무리된다.

결혼한 친구들과의 모임은 〈패턴1〉의 남자 항목 대신 육
아가 들어간다. 남자가 섞여 있는 모임의 경우에는 〈패턴
1〉의 남자와 용한 점집 항목 대신 이직이나 사업에 관한 이

야기로 대체된다. 회사 동료들과의 대화도 마찬가지다. 점심을 먹고 스타벅스에 들러 캐러멜라떼 한 잔을 마시며 심각한 표정으로 회사를 걱정한다. 저녁을 먹고 골뱅이집에 들러 맥주 한 잔을 앞에 두고 또 심각한 얼굴로 회사를 걱정한다.

한창 이야기에 빠져 열을 올린 뒤 돌아서 집으로 향하는 길목에서 생각하면 오늘도 역시 같은 얘기를 반복했다는 사실을 깨닫게 된다. 대화의 무한 오토리버스 기능이다. 어째서 우리는 지치지도 않고 같은 이야기를 반복하는 걸까?

대화의 오토리버스 기능에서 벗어나고 싶어서 선택한 것이 동호회다. 처음 춤을 배우기 시작했을 때 동호회 친구들과 나눴던 대화는 신선 그 자체였다. 첫 수업 후 같은 반 친구들과 주점에서 얼굴을 익히는 자리에서는 대화의 90%가 춤에 관한 이야기였다. 그림을 배우러 갔을 때도 그랬다. 평소 단 한 차례도 대화에 올릴 일이 없었던 물감의 색깔과 화가의 이름을 이야기했다.

다른 관심사가 생기면서 기존 모임에서 나누는 대화에도 변화가 생겼다. 남자 이야기 사이사이, 재테크 이야기 틈틈이 내가 관심 갖고 애정을 쏟는 것들에 대한 이야기를 나눌 수 있게 됐다. 오토리버스 기능을 가진 녹음기가 되고 싶지 않다면 관심사를 넓혀 보는 것이 방법이다.

| 김효원, 태백, 일상, 각 4호, 캔버스에 아크릴 |

별 헤는 밤

하루를 마감하는 저녁이면 침대에 몸을 누이고 천장을 쳐다본다. 그 자리에 별이 보일 리 만무하지만 벽지 무늬가 별이라고 상상하며 별을 떠올린다.

오늘 보낸 나의 하루가 얼마큼 가치 있는 하루였을까 점수를 매기는 시간이다. 영화평론가가 영화에 별점을 매기듯 나 자신의 하루에 스스로 별점을 주는 것으로 하루를 마감한다. 다이어리의 월간계획표 날짜에 별점을 매기다 보면 한 달간 내 생활이 어땠는지 한눈에 보인다. 그렇게 1년을 보내면 내 생활이 한눈에 읽힌다. 올 한해는 꽤 괜찮은 해였다는 생각을 할 수 있도록 나 자신을 더욱 채찍질하는 계기가 되기도 한다.

　후배 하나는 초등학교 때 칭찬 포도송이를 직접 만들어 벽에 붙여 놓았다. 스티커를 한 장씩 붙이는 방법으로 자신만의 평가 시스템을 만들어가고 있다고 했다. 초등학교 때의 추억도 생각나고 눈에 보이는 가장 효과적인 방식이라서 앞으로도 쭉 애용할 계획이라는 후배의 말을 들으며 눈에 보이는 방법을 실천하는 것이 중요하다는 생각을 하게 됐다.

연기력과 정치

몇 년 전 영화배우였다가 미술가가 된 K씨를 만났을 때였다. 연기와 미술, 얼핏 전혀 어울리지 않을 것 같은 분야였는데 그녀는 자신이 미술을 하는데 연기력이 무척 도움이 된다는 이야기를 들려줬다.

미술에 연기력이 왜 필요할까?

그녀는 전시회 기금을 따기 위한 프레젠테이션에서 그 기금을 꼭 받아야 하는 이유를 절절하게 설명하면 그렇지 못한 사람보다 기금을 받을 확률이 높아진다고 했다. 또 자신의 작품 세계를 설명할 때도 연기력이 부족한 사람보다 더 생생하고 효과적으로 상대방에게 전달할 수 있다고 덧붙였다. 그녀는 미술뿐 아니라 인생 전반에 걸쳐 연기력을 갖추고 있으면 여러 모로 도움이 된다고 강조했다.

주변의 사람들을 떠올려 봤다. 회사에서 유난히 사람이 많이 따르고 인기 있는 사람과 아무도 함께 있고 싶어하지 않는 사람. 두 사람의 차이는 사람을 대하는 태도의 차이인데, 엄밀히 따지면 이 태도가 바로 연기력에 해당할 것이다.

만약 회사생활에 연기력이 큰 도움이 된다는 사실을 일찌감치 알고 배우고 익혀서 실행했더라면 인간관계 때문에 괴로워 흰머리가 생길 지경이었던 수많은 상황들을 보다 부드럽게 넘어갈 수 있었을 것이다.

정치 역시 마찬가지다. 정치력이 있으면 회사생활이 몇 배 수월해진다. 회사 내부의 힘이 어떤 식으로 작용하는지 분명히 알아야 하며, 또 그에 맞는 대처법을 가지고 있어야 한다.

"난 100% 순수한 사람이라서 정치 따위는 절대 안한다"는 얘기는 곧 사회성이 떨어진다는 고백의 다름 아니다.

일 잘하고 야무지고 똑똑한 여자들이 직급의 피라미드에서 상위로 올라가지 못하고 스르르 사라져 버리는 가장 큰 이유는 연기력과 정치력의 부족 때문이다. 대다수의 여성들은 너무 쉽게 자신의 감정을 드러낸다. '정치 안 하는 순수한 영혼의 소유자'를 자랑하며 싫은 상사에게 싫은 티를 내며 항거하다 급기야 '이 꼴 저 꼴 보느니 내가 관두고 말지'의 수순으로 이어진다.

갈수록 쉽지 않은 회사생활, 가시밭길 헤치며 여기까지 달려온 보람을 찾으려면 살아남아야 한다. 살아남아야 이야기할 수 있고, 살아남아야 보여줄 수 있다. 사표는 언제라도 낼 수 있다. 연기력과 정치력을 먼저 배워야 한다.

밥 반 공기 덜어내기

모든 물건은 수명이 있다.

세탁기는 빨래를 5,000번 하면 부품이 망가진다.

냉장고, TV, 에어컨, 자동차 등 뭐든 마찬가지다. 하물며 사람의 몸이라고 왜 그렇지 않겠는가. 마구 쓰다 보면 몸은 틀림없이 탈이 날 것이다. 다만 공장에서 찍어낸 물건이 아니라서 약간의 차이가 있고 정확한 수치가 나오지 않을 뿐이다.

생명을 유지하는 데 있어 꼭 필요한 음식. 그러나 필요한 것보다 더 많이 지나치게 먹게 되면 우리 몸을 필요 이상으로 가동하게 돼 수명을 단축시키는 결정적인 역할을 한다. 밥을 양보다 훨씬 많이 먹고 난 날이면 숨쉬기가 힘들고 몸이 무거워지는 현상을 누구나 경험했을 것이다. 배를 감당

하기 어려워 누워서 숨을 쌕쌕 쉰 날도 있다.

그래서 결심한 것이 밥 반 공기 덜 먹기. 나이를 먹어 노화가 시작되고 나면 신진대사가 떨어지기 때문에 밥을 줄여야 한단다. 그렇지 않으면 비만이 되기 쉽다. 비만도 비만이려니와 무리하게 움직이는 내 몸의 장기들을 조금이라도 편안하게 쉬게 해주고 싶은 마음에 시작해 보려고 마음먹은 밥 덜 먹기 운동. 그러나 눈앞에 맛있는 음식이 있으면 홀랑홀랑 잘도 넘어간다. 밥 한 공기가 어느새 바닥을 보일 때까지 숟가락을 싹싹 긁는다. 이러니 밥 반 공기는 공염불이 되고 말았다. 오늘 못했으니 내일은 꼭 해야지, 빈 밥공기를 들고 다시 큰맘을 먹어 본다. 내일은 성공할 수 있을까.

운동은
틈틈이
즐겁게

하루 30분 이상, 일주일에 세 번 정도 운동을 해야 우리 몸이 운동효과를 기억한다는 게 운동전문가들의 이야기다. 그러나 일주일에 세 번 운동하기란 직장인에게 쉬운 일이 아니다. 운동을 하기로 계획한 날 저녁이면 늘 회식이 생긴다. 운동을 못한 건 물론이고 안줏발을 세우느라 과도하게 칼로리를 섭취하고 만다.

무슨 무슨 요일에 운동을 해야겠다고 일일계획표에 짜 놓는 것보다는 시간이 날 때마다 틈틈이 운동을 하는 게 직장인에게는 오히려 현명한 방법이다. 예를 들면 기본요금 거리는 택시 대신 걷는다든지, 일하는 사이 잠깐 틈이 나면 회사 주변을 걷는다든지 하는 식이다.

요즘 재미를 붙인 놀이가 있으니 바로 저글링이다. 인도

네시아 빈탄섬의 클럽메드에서 잘생긴 G.O*에게 배운 저글링은 자꾸자꾸 하고 싶다는 기분이 들어 지루하지 않게 할 수 있는 운동이다. 저글링이 무슨 운동이 되느냐고 항변하는 분도 있을지 모른다. 그러나 저글링은 탁구 못지않게 운동이 된다. 숙련되지 않아 한자리에 서서 공을 받는 게 불가능하므로 자꾸 걷게 되고, 공을 자주 떨어뜨리다 보니 허리를 숙여 공을 줍는 것도 상당한 운동이 된다. 30분 정도 하면 팔도 뻐근해진다.

줄넘기도 간편한 운동이다. 줄만 있으면 언제 어디서나 손쉽게 할 수 있다. 매일 목표치를 정해 놓고 신기록에 도전해 본다든지, 줄넘기 교본에 나와 있는 기술에 하나씩 도전

---

* Gentle Organizer의 약자. 친절한 조직원이란 뜻. 빌리지라고 불리는 세계 각 휴양지에서 상주하면서 자신의 다양한 특기를 살려 스포츠 강사, 요리사, 가이드, 바텐더 등의 업무를 담당한다.

해 보는 것도 줄넘기를 재미있게 즐길 수 있는 방법이다.

운동에 있어 중요한 것은 재미다. 재미는 없지만 그저 건강에 좋다니까 억지로 하는 식은 운동을 오래 지속하지 못하게 만드는 이유가 된다. 해야 하니까 하는 운동보다는 재미있어서 자꾸 하고 싶은 운동이 진짜 운동이다.

동호회의 여자후배 H는 그 바쁜 인턴 생활을 하면서도 일주일에 사나흘 이상을 춤추러 다닐 만큼 춤에 쏙 빠졌다. 통통하던 허릿살이 쏙 빠져 누구나 돌아보는 S라인 몸매를 자랑한다. 그녀가 그토록 열심히 춤을 출 수 있었던 것은 재미 때문이었다. 춤추고 돌아서면 또 가고 싶다는 그녀다.

재미있는 운동을 찾으면 시간표가 따로 필요 없다. 시간표에 없는 날에도 자꾸자꾸 하고 싶어질 테니까.

반성 빗금

별점과 비슷한 채점표를 가지고 계신 선생님이 있다. 선생님은 반성 빗금을 치고 계셨다. 다이어리의 월간 계획표에 하루의 생활을 반성 빗금으로 표시하는 것이다. 하루를 짜임새 있게 보냈다면 빗금을 모두 치고, 그렇지 않으면 절반 빗금, 완전히 허탕인 날을 보내면 ×표를 친다. ×표가 많이 생긴 채점표를 보면 정신이 번쩍 든다는 선생님은 놀랍게도 연세가 예순이다. 그 연세에도 자신을 돌아보며 반성 빗금을 치고 있는 선생님을 보노라면 마음이 숙연해진다.

자신을 담금질하는 것은 어느 나이라도, 어느 순간이라도 필요하다. 이만하면 되는 건 어느 때도 없다. 삶이 마감되는 순간까지 우리는 노력하고 또 노력해야 한다. 그것이야말로 삶의 의무다.

내가 되기

내 신발장에는 모델 구두가 한 켤레 있다. 디자이너의 거리 청담동의 한 디자이너 숍에서 구입한 신발로 패션쇼장에서 유명모델이 신었던 제품이라고 했다. 세련된 디자인에 반해 구입했던 그 구두는 10센티미터의 높이에 굽이 보라색이었다. 아찔함과 색감에 반해서 구입한 그 구두는 한번 신고 나갔다가 며칠 널브러져 있어야 할 만큼 힘든 구두였고, 그 후 다시는 신발장에서 나오지 않았다.

그 무엇이든, 자기에게 가장 잘 어울리는 것을 해야 한다. 남들에게 좋은 것이 반드시 내게도 좋을 수는 없다. 슈퍼모델에게 가장 잘 어울리는 의상이 내게도 반드시 어울린다는 보장이 없듯이.

직업이란 옷과도 마찬가지다. 나를 가장 잘 돋보이게 해주어야 하며 입는 사람에게 편안해야 한다. 이런 여건이 갖춰지지 않는 한 아무리 좋은 옷이라도 그 옷은 쓸모없는 옷이기 마련이다.

일이라는 건 자신의 생을 바쳐도 아깝지 않아야 한다. 내 삶을 바쳤다는 게 부끄러워진다면 그건 내게 맞는 직업이 아니다.

어느 한때는 좋다가 어느 시점부터는 싫어질 수도 있다. 그렇다면 그 일의 효용이 떨어졌다는 의미다. 그럴 때는 과감히 갈아타는 결단이 필요하다. 갈아탈 시점을 놓치고 나면 내려야 할 정류장을 지난 채 계속 달리는 지하철에 탄 셈이다. 나를 어디에 내려 줄지, 얼마큼 되돌아와야 할지 알 수 없는 노릇이다.

거북이 이론을 펼치는 친구가 있다. 그 친구에 의하면 직장이란 거북이다. 거북이 등에 올라타고 내가 가고 싶은 곳을 가는데, 그 거북이가 내가 가고 싶은 곳과 반대쪽으로 간다면 그 거북이의 등에서 내려와야 한다는 거다. 지금 내가 타고 있는 거북이가 어느 쪽으로 가고 있는지 살펴보고 어느 시점이 내려와야 할 시점인지를 살피는 것이 직장생활에서 필요한 지혜다.

내 인생의 위시 리스트

어느 해 여름, 모처럼 15일의 휴가가 주어졌다. 엄밀히 말하면 15일의 병가다. 고장난 부분을 고치기 위해 병실에 누워 있는 동안 여러 가지 생각들이 파도처럼 오고 갔다. 처음 며칠은 통증 때문에 아픔에만 집중해야 했다면 통증이 사라지자 언제 그랬냐는 듯 무료해진 시간이 하이에나처럼 달려들었다.

만화책과 소설, 잡지를 섭렵한 뒤 병실을 돌며 도서를 대여해 주는 자원봉사 아주머니의 수레까지 섭렵하고 더 이상 볼 활자가 없어 공황상태에 빠질 뻔한 나를 달래 주었던 건 '위시 리스트'였다.

사회생활을 시작한 이래 늘 시간이 없다고 동동거려온 날들이었다. 마감 때만 되면 하고 싶은 일들이 어쩌면 그렇게 뭉게뭉게 피어오르는지. 갤러리도 가고 싶고, 최신 영화도 보고 싶고, 파마도 하고 싶고, 서점도 가고 싶고, 바다는 왜 그렇게 보고 싶은 건지. 일 때문에 하고 싶은 걸 뒤로 미뤄야 하는 현실이 늘 괴로웠다.

마감만 끝나면, 마감만 끝나면… 벼르고 또 벼르던 시간이 모여 어느새 십수 년이다. 정작 마감이 끝나고 나면 누구에게 두들겨 맞기라도 한 것처럼 온몸이 아파 꼼짝 않고 방바닥에 엎드려 시간을 보내기 일쑤였다. 그리하여 지금껏 하고 싶은 일들을 제대로 하지 못한 결정적 이유는 부족한 시간과 돈이라고만 생각했다.

딱히 할 일이 없기도 했지만 병원에 누워 있으면 누구라도 철학자가 된다. 병원은 삶과 죽음의 경계가 우리의 생각처럼 그리 단단하지 않다는 것을 느끼게 해주는 생생한 현장이기 때문이다. 삶과 죽음의 경계는 콘크리트처럼 단단한 것이 아니라 어쩌면 유리보다 얇고 투명하다. 외면하고 싶지만 그렇다.

병실에 누워 그동안 못해서 아쉬웠던, 꼭 해보고 싶은 일들의 리스트를 짜기 시작했다. 위시 리스트(wish list). 노트 위에 까만 볼펜으로 멋지게 제목을 달았다. 뭔가 허전했다. '김효원의 위시 리스트'라고 쓰고 나니 뭔가 꽉 찬 느낌이 든다. 그래! 역시 제목장사다.

1번부터 10번까지는 술술 써내려갔다. 시간과 돈이 없어서 못한다고 시시때때로 억울해 했던 대표적인 것이 여행이었으니. 10번까지는 대부분 여행에 관한 위시 리스트로 채워졌다. 여행이라고 뭉뚱그리면 변별력이 없는 것같아 조금 세세하게 적었다.

가족과 온천여행, 미국 자동차 횡단여행, 티벳 여행, 몽골의 겨울 체험하기, 퀸 빅토리아호 타고 세계일주, 쿠바 오! 쿠바, 스페인은 빼놓으면 안되겠지, 외국에서 1년 이상 살아보기.

여행 말고도 하고 싶은 일이 많았다. 플럼 빌리지같은 동호인 마을 만들기, 갤러리 열기, 상담학 공부, 힐링센터 열기, 책 출간, 사진&그림 전시회 열기, 피아노 배우기, 춤 배우기, 와인스쿨 다니기, 서예 사군자 배우기, 책 녹음해 주는 봉사활동, 건강빵 만들기, 재봉 배우기, 시골에 친환경 집짓기, 도자기 배우기…….

그러나 노트의 칸을 서른 칸 남짓 채우고 나서부터는 볼펜을 놓고 머리를 쥐어짜는 상황이 됐다.

"이게 뭐야, 내가 하고 싶었던 게 이렇게 없었단 말이야?"

겨우겨우 50개를 채우면서 내가 하고 싶은 일이 그렇게 많지 않으며 특별히 큰돈과 엄청난 시간이 필요한 일도 많지 않다는 사실을 알게 됐다.

위시 리스트로 적은 게 50개니까 일 년에 두 개씩만 하고 싶은 걸 한다고 치면 25년이면 모두 해볼 수 있다는 셈이 나왔다. 어떤 것을 먼저 하느냐는 경제력이나 처한 상황에 맞게 정하면 될 것이다.

위시 리스트를 만들면서 위시 리스트가 실현되는 상상만으로도 즐거웠다. 하나씩 지워 나가다 보면 얼마나 기쁠까. 시간이 흐르다 보면 새로운 하고 싶은 일들이 생길 테고 또 하기 싫어지는 일도 있을 테지만 그때그때 수정해 나가면 된다. 나만의 위시 리스트니까.

위시 리스트가 25년 후 모두 '어치브 리스트'로 옮겨지기를 바라며, 오늘도 위시 리스트를 점검한다.

잃어버린 꿈을 찾아

어렸을 때 꿈은 만화가였다. 낙서를 좋아했던 나는 만화
가가 그렇게나 재미있어 보일 수 없었다. 수줍게 엄마에게
고백했다.

"엄마, 나 만화가가 될래."

엄마는 허락하지 않았다.

"만화가가 되면 밥 굶어, 안돼."

그때 엄마는 만화가가 앞으로 얼마나 유망한 직업이 될지
모르셨던 모양이다.

조금 더 자라서는 화가가 되고 싶었다. 그러나 부모님께 미대에 가겠다고 선언할 수 없었다. 딸을 미술학원에 보낼 만큼 넉넉한 집안이 아니었다.

그림을 좋아했지만 그림에 대한 꿈은 한 번도 시도해 보지 않은 채 접어버렸다. 대학을 졸업하고 내 손으로 돈을 벌게 될 만큼 시간이 흘렀을 때 그때도 여전히 내 마음속에는 그림에 대한 열망이 남아 있었다. 외국에 출장이라도 가게 되면 미술관을 열심히 찾아다녔고, 화집을 하나 둘 모으며 대리만족했다.

꼭 서른 살이 되던 해 나는 한 번도 해보지 않고 접어 두었던 내 꿈에게 미안한 마음이 들었다. 그림을 그린다는 건 어떤 기분일까, 느껴 보고도 싶었다.

회사에서 가까운 곳에 위치한 문화센터 서양화반에 등록했다. 일주일에 한번 목요일 저녁이었지만 한 달에 두 번쯤 야근이 걸리기 때문에 시간을 맞추기 어려운 날도 있었다. 저녁을 굶고 그림을 그리러 갔다가 다시 사무실로 와 야근을 하기도 했다.

문화센터에는 중고등학교 때 꿈이 화가였다는 주부들이 대부분이었다. 콩나물을 다듬어 가족들의 밥상을 차려 놓고 붓을 잡으러 나오는 거였다. 백발이 성성한 할머니도 계셨다. 중학교 때 학교에서 미술상을 도맡아 휩쓸 만큼 실력이 있었지만 부모님의 반대로 미대에 가지 못하고 가정학과에 진학해 결혼했다고 했다. 손자까지 봤지만 그림에 대한 아쉬움을 버리지 못해 그림을 배우러 나왔노라는 말씀을 들으며 한 가지 분명하게 깨달아지는 게 있었다.

하고 싶은 건, 언젠가는 해야 하는 거다.

그렇다면 그 언젠가는 빠를수록 좋다.

정답은 내 안에

정답을 풀어야 한다고 생각하며 그린 그림과 내가 정답이라고 생각하고 그린 그림은 큰 차이가 있다. 과정도 그렇고 결과도 그렇다.

정답이 있다고 생각하면 그림 그리는 과정이 일단 고통이 된다. 선 하나를 그리고도 이게 과연 정답일까 의심한다. 어딘가에 있을 정답을 찾아 헤매는 마음은 정말 바닷가에 떨어뜨린 동전을 찾는 마음이다. 어디서 헤매고 있는지 알기 어렵다.

내가 정답을 가지고 있다고 생각하면 그림 그리기는 즐거움이 된다. 어느 선이든, 어느 색이든 과감하게 쓰게 된다.

정답은 내 안에 들어 있다고 생각하고 나를 믿는 연습이 필요하다. 나를 믿는 일은 어디에나 쓰이는 약방의 감초처럼 인생의 가장 기본 약재다.

여행의 즐거움

직장생활을 하다 보면 매일매일이 전쟁이다. 회사의 출입문을 들어서는 순간, 총탄이 어디서 날아올지 모르는 살얼음판이다. 사장 눈치, 상사 눈치, 후배 눈치 보다 보면 가자미눈이 된다.

이대로 있다가는 회사 옥상에서 '나는 회사가 싫어요' 라고 외친 뒤 뛰어내리거나 얄미운 상사의 집에 사제폭탄이라도 보낼 판이다. 말도 안되는 상상을 상상으로 그치게 하려면 휴식이 필요하다.

여행은 일상의 스트레스를 풀어주는 가장 강력한 무기다. 그래서 여행에 쓰는 돈은 결코 낭비가 아니다. 또 여행은 미처 인식하지 못했던 자기자신을 알 수 있게 해주는 도구이기도 하다. 그런 의미에서 여행은 개인을 성장하게 만드는 영양제라고도 할 수 있다.

서울에서라면 하려고 맘먹지 않았거나 해보고 싶어도 할 수 없었을 것들을 기꺼이 해보게 되는 것. 그것이 여행이 주는 축복이다. 저글링, 카약, 골프.

처음 말을 타본 곳. 그곳은 몽골이었다. 6월의 몽골은 밤이면 기온이 싸늘해져 장작불을 밤새 피워야 했다. 게르의 공기를 데우기 위해 게르 안에는 작은 난로가 있었고 장작불을 피워야 했다. 장작불은 그러나 너무 짧은 시간 안에 꺼지기 때문에 한두 시간에 한 번씩 나무를 더 넣어야 했다. 방을 따뜻하게 하기 위해 그렇다고 잠을 안 자면서 불을 넣을 수는 없었다. 아침에 일어났을 때 포근한 공기를 느끼며 개운하게 잠에서 깨어났다. 그리고 그렇게 단잠을 잘 수 있었던 것이 5개나 되는 게르를 오가면서 일행 중 한 명이 불을 넣었기에 가능했다는 사실을 알게 됐을 때, 그때의 감동을 잊지 못한다.

몽골의 말들은 참으로 보잘 것 없이 자그마했다. 저 작은 몸뚱이 위에 올라앉으면 말이 넘어지지 않을까 싶을 정도로. 말 위에 올라앉으니 생각보다 불안하지는 않았지만. 말이 얼마나 겁이 많은 동물인지, 그때 처음 느꼈다. 내리막길에서 말이 얼마나 벌벌 떠는지 안쓰러워서 내가 내려서 말을 업고 내려오고 싶은 심정이었으니까. 말은 발을 벌벌 떨면서 신중하게 한걸음씩 옮겨 넘어지지 않고 언덕을 내려왔다. 평지에서는 저도 안심이 됐는지 속력을 내기도 했다. 말이 달릴 때마다 몸이 1초쯤 붕 떴다 가라앉는 그 기분. 말을 타는 기쁨을 알게 된 순간이었다. 그 재미에 말타기에 중독됐다가 말에서 떨어져 큰 부상을 입었다는 일행의 이야기가 가볍게 들리지는 않았다.

빈탄 클럽메드에서는 발리에서 온 곱슬머리 알렉산드로 레이(27)와 인터넷을 하며 노닥거렸다. 그는 말레이시아 채러팅에서 G.O 생활을 하다가 이곳으로 왔다고 했다. 일이 재미있고 행복하다고 했다.

플로레스 아일랜드의 스쿠버다이빙 가이. 그는 다이빙센터, 렌터카 등 투어센터를 하고 싶다고 말했다. 아버지는 독일인이고 어머니는 발리 사람이라고. 아버지는 자동차로 세계 일주를 하다가 발리에서 어머니를 만나 결혼했단다. 알렉산드로는 속눈썹이 길고 눈망울이 깊었다. 이렇게 마음 통하는 누군가와 만나 이야기를 나눌 수 있다는 건 여행이 주는 보너스다.

여행은 여행하기 전부터 시작된다. 여행의 즐거움을 백으로 친다면 30%쯤이 여행 전에 여행가방을 싸면서 얻어진다. 어디를 떠난다는 것. 그것만으로도 이미 여행은 충분히 나에게 보상을 한다. 여행지의 경험이 50%를 차지한다. 그리고 여행은 돌아와서 음미할 때, 마치 소가 먹은 음식을 소화시키는 되새김질을 하듯 음미할 때 나머지 20%가 완결된다. 얼마나 좋았느냐에 따라 20%는 50%가 될 수도 100%가 될 수도 있다. 풍경보다는 사람이 더 오래 남는 것은 물론이다.

Chapter 3

기쁨은 혼자 빛나지 않는다

비밀재료는 없어.

단지 특별하다고 믿으면 특별해지는 거야.

할 수 있을지도 모르지,

만일 그를 믿고 자네가 그를 기꺼이 지도할 의지만 있다면...

자네는 단지 그를 믿어 주는 것이 필요해.

−영화 〈쿵푸팬더〉 중에서

오늘을 살아

안젤리나 졸리의 자서전에 이런 문장이 있었다.

그 문장을 읽고 난 뒤 안젤리나 졸리가 왜 그녀일 수밖에 없는지 알 수 있었다.

그 문장은 이렇다.

"나는 항상 오늘을 산다. 내일 저녁엔 모든 것이 변할 수 있기 때문이다."

그렇다. 오늘이 내일이고 내일이 오늘인 비슷한 삶을 사는 우리들은 내일 그 모든 것이 변하는 일이 생기지 않을 거라 굳게 믿고 살아간다. 그런 까닭에 특별한 변화도 모험도 꿈꾸지 않고, 오늘 가지고 있는 것을 더욱 꽉 잡을 수 있기를 바란다.

그러나 졸리는 인생의 속성을 꿰뚫고 있었다. 오늘을 사는 그녀가 당당하고 아름다워 보이는 이유다.

우리는 모두 다코타

다코타(Dakota)라는 단어가 있다. 미주리강 동쪽에 살던 인디언 종족의 이름이라고 한다. '서로 연결된 사람들'이라는 뜻이다. 인디언들은 모든 사람과 자연이 서로 유기적으로 연결되어 있다고 믿는다.

'다코타' 라고 말하는 순간, 나는 외롭지 않다.

'다코타' 라고 말하는 순간, 나는 따뜻한 기운을 느낀다.

나는 혼자가 아니다.

세상 모든 사람들과 연결되어 있다.

인생을 풍요롭게 만들어 주는
12명의 사람

　실연의 슬픔 속에서, 갑작스런 실직의 충격 속에서 허우적거릴 때 나를 위로해 준 건, 나를 따스하게 지켜봐 준 건, 견딜 수 있는 힘을 준 건 내 곁의 친구들이었다. 친구들은 내게 따뜻한 홍차를 내밀었고 감정의 롤러코스터를 타고 있는 내 불안한 심리상태를 담담하게 지켜봐 주었다. '세상은 넓고 남자는 많다' 는 사실을 일깨워 줬으며 '스트레스 받을 땐 매운 게 최고' 라며 매운바지락볶음 레시피와 함께 고추기름을 전해 주었다. 직접 내렸다는 매운 고추기름을 받았던 그 날의 날씨가 기억난다. 무너져 내린 내 마음과는 반대로 너무 쾌해서 어디 숨을 곳이 없어 슬펐던 날, 부서진 내 마음을 따뜻함으로 조각 모음해 준 소중한 친구이다. 그런 시간들어 산산이 조각난 내 마음을 하나둘 이어 붙여 주었다.

　'내 인생에 꼭 필요한 12명의 사람' 이라는 글을 읽은 적이 있다. 그 글은 내게 질문을 던져왔다.

　'당신은 그런 사람을 가졌는가?'

1. 믿고 의논할 수 있는 든든한 선배

2. 무엇을 하자 해도 믿고 따라오는 후배

3. 쓴소리도 마다하지 않는 냉철한 친구

4. 나의 변신을 유혹하는 날라리 친구

5. 여행하기 좋은 먼 곳에 사는 친구

6. 에너지를 충전시켜주는 애인

7. 언제라도 불러낼 수 있는 술친구

8. 어떤 상황에서도 내 편인 친구

9. 독립공간을 가진 독신 친구

10. 부담 없이 돈을 빌려 주는 부자 친구

11. 추억을 많이 공유한 오래된 친구

12. 연애감정 안 생기는 속 깊은 이성 친구

질문을 앞에 놓고 종이에 이름을 하나 둘 써 보았다. 몇 개 항목을 빼고는 대부분 친구들의 이름이 척척 떠올랐다. 종이 위에서 반짝이는 친구들의 이름을 보니 슬며시 미소가 나오면서 기쁜 마음이 샘솟는다.

사랑하는 친구들, 오늘 저녁에는 문자 메시지라도 보내고 싶어진다.

반대로 나는 누군가의 종이 위에 몇 번쯤 호명되는 이름일까 궁금해진다. 한 번? 두 번? 세 번? 만일 한 번도 불리치 않는다면 지금까지 살아온 인생을 재점검해 봐야 하리라.

1. 믿고 의논할 수 있는 든든한 선배

2. 무엇을 하자 해도 믿고 따라오는 후배

3. 쓴소리도 마다하지 않는 냉철한 친구

4. 나의 변신을 유혹하는 날라리 친구

5. 여행하기 좋은 먼 곳에 사는 친구

6. 에너지를 충전시켜주는 애인

7. 언제라도 불러낼 수 있는 술친구

8. 어떤 상황에서도 내 편인 친구

9. 독립공간을 가진 독신 친구

10. 부담 없이 돈을 빌려 주는 부자 친구

11. 추억을 많이 공유한 오래된 친구

12. 연애감정 안 생기는 속 깊은 이성 친구

질문을 앞에 놓고 종이에 이름을 하나 둘 써 보았다. 몇 개 항목을 빼고는 대부분 친구들의 이름이 척척 떠올랐다. 종이 위에서 반짝이는 친구들의 이름을 보니 슬며시 미소가 나오면서 기쁜 마음이 샘솟는다.

사랑하는 친구들, 오늘 저녁에는 문자 메시지라도 보내고 싶어진다.

반대로 나는 누군가의 종이 위에 몇 번쯤 호명되는 이름일까 궁금해진다. 한 번? 두 번? 세 번? 만일 한 번도 불리지 않는다면 지금까지 살아온 인생을 재점검해 봐야 하리라.

마음 놓기

결심하지 않기로 한다.

마음을 묶지 않기로 한다.

열어 두고 펼쳐 놓고

제멋대로 흘러가도록 내버려 두기로 한다.

'함께' 라는 이름

혼자 TV를 보며 깔깔 웃다가 머쓱해진 일이 있는가. 웃음도 기쁨도 누군가가 곁에 있기 때문에 의미가 있다. 우리는 혼자 빛날 수 없다. 마음을 나눌 수 있는 사람이 필요하다. 가족뿐 아니라 어느 시점부터 더 이상 늘어나지 않는 친구를 만들어야 한다.

휴식

단내 나게 달렸던 날들을 잠시 내려놓고,

지금은 잠시 그대에게 기대 쉴 시간.

남을 돕는 것이 나를 돕는 것

직업 탓에 매주 수많은 사람을 만난다. 새롭게 인사를 주고받는 사람도 있고 몇 년째 지속적으로 만나는 사람도 있다. 100장쯤 담겨 있는 플라스틱 명함통은 두 달 정도면 바닥을 드러낸다. 새로 받아 명함지갑에 넣어 두었다가 서랍으로 옮겨 놓은 명함들은 정리할 새도 없이 쌓여만 간다. 사람들을 만나는 절대 양으로 평가한다면 순위에 들겠지만 나의 인맥은 그닥 넓지 않다.

사실 돌이켜보면 나는 인맥관리를 의도적으로 피해왔다. 주로 코드에 맞는 몇몇 사람들과 관심사에 대해 이야기하며 웃고 떠드는 수준이 전부였다. 일 때문에 알게 된 사람들 중 좀 더 가까이 지내고 싶은 사람이 있기도 했지만 그들을 인맥이라는 이름으로 묶어 관리하고 싶지는 않았다. 인맥이라는 낱말에서 오는 부정적인 느낌이 싫었다. 또 노력으로 이어지는 관계는 별 의미가 없다고 생각해왔다. 아무 이해타산이 섞이지 않는 관계야말로 진정한 관계라고 믿었다.

남다른 인맥관리로 마당발을 자랑하는 J대표. 샐러리맨으로 일하다 몇 년 전 사업을 창업한 뒤로는 더욱 바쁘게 움직인다. 바쁜 와중에도 J대표의 인맥관리는 빈틈이 없다. 지인들과 지속적으로 만나고 전화나 문자 혹은 이메일을 보내 안부를 챙긴다. 경조사나 기념일을 빼놓지 않고 챙기는 것은 물론이다. 다양한 모임을 조직하고 그 사람들과 비즈니스를 도모한다.

J대표는 "인맥은 결코 상대에게 무슨 덕을 보겠다는 숨은 의도를 가지고 접근해서 얻을 수 있는 게 아니다"라고 강조했다. 사람의 마음을 얻는 유일무이한 방법은 진심뿐이라는 게 J대표의 지론이다. 진심이냐 아니냐는 스스로 가장 잘 알고 있다. 내가 진심으로 대한다면 틀림없이 상대방도 진심으로 응대해온다. 의도를 감추고 접근하면 상대가 먼저 알아차린다. 인맥에는 잔꾀가 통하지 않는다.

"진심으로 상대를 대하고 진심으로 남을 도와라. 내가 가진 것으로 남을 돕는 것은 무척 쉽다. 남을 돕는 일은 곧 나를 돕는 일이다. 자신이 가진 걸 아낌없이 베풀어라."

직원 6명을 두고 홍보대행사를 운영하는 H대표. 사업을 꽤 성공시킨 골드미스다. 그녀의 인맥관리 노하우도 마찬가지다.

　"사업을 처음 시작했을 때는 권력 있는 사람을 알게 되면 무조건 친해지려고 했다. 잘 보이고 싶어 의식적으로 노력했다. 그런데 이런 내 마음을 알았는지 상대방도 나를 경계하며 마음을 열지 않았다. 나중에 내가 어려웠을 때 나를 도와준 사람은 내가 잘 보이기 위해 애썼던 힘 있는 사람이 아니라 평소 마음을 터놓고 지내던, 평범한 지인들이었다. 그들은 마치 자신의 일처럼 발 벗고 나서서 나를 도와줬다."

　H대표는 말했다. 무엇을 위해서가 아니라 진심으로 사람과 소통하면 그 사람이 내 사람이 된다고.

멘토를 찾아라

한 사람 안에는 다양한 모습이 내재되어 있다. 어떤 관계 속에 들어가느냐에 따라 다른 모습이 표출된다. 아무리 천방지축 제멋대로인 사람이라 하더라도 한 살배기 아이와 함께 있다면 어른스러운 모습을 보일 테고, 아무리 현자라 하더라도 어머니 앞에서는 어리광을 부리는 아이의 모습이 나온다.

인생을 살아가며 멘토가 있다는 건 숙제에 없어서는 안되는 표준전과를 얻은 거나 다름없다. 혹은 캄캄한 어둠 속에서라도 갈 길을 알려주는 내비게이션을 가지고 있는 것과 마찬가지다.

멘토가 있다면 헤매지 않고 길 찾기에 성공할 수 있게 된다. 멘토가 있다면 불필요한 낭비를 좀 더 줄일 수 있게 된다. 그러므로 인생의 멘토를 찾는 일은 무척 중요하다.

그런 의미에서 오늘부터라도 당장, 내 인생의 멘토를 찾아 모시자. 아무도 없다고 푸념하지 않기를 빈다. 아무도 없다면 지금부터라도 찾아보면 된다. 멘토를 찾았다면 그 분에게 다가가 자신의 마음을 전달해 보도록 하자.

"당신은 제 인생에서 가장 닮고 싶은 사람입니다. 제 멘토가 돼주세요."

직접 말하기 쑥스럽다면 편지에 적어도 좋다. 앞으로 일생동안 잘 부탁드린다는 말도 잊지 말자.

멘토를 모시는 것에 못지않게 멘토가 되어 보는 것도 인생에 큰 도움이 된다. 멘토가 되어 누군가의 인생에 대해 깊이 성찰하다 보면 삶의 법칙을 더 많이 더 빨리 깨치게 된다. 상담을 해주는 과정 속에서 자신도 성장한다. 내가 무슨 멘토 자격이 되겠어, 라고 소심하게 생각하지 않아도 된다.

자리가 사람을 만든다고 했다. 반장이 되면 아무리 리더십이 없는 아이라 하더라도 반장 역할을 하기 위해 노력하며 그런 과정을 통해 결국 반장 노릇을 잘 해내게 돼 있다.

그릇

당신은 가방을 좋아한다지만
나는 그릇을 좋아해요.
옹기종기 모여 있는 그릇을 보면
그릇에 담으면 좋을 음식들과
그 음식을 함께 나누면 좋을 사람들과
그들과 나누면 좋을 이야기들이
떠오르거든요.

미래의 나

미래의 나는 지금보다 평화로울까.

미래의 나는 두려움들을 떨쳐냈을까.

미래의 나는 내가 하고 싶은 일들을 하고 있을까.

미래의 나는 하기 싫은 일들은 하지 않고 있을까.

미래의 나는 좋은 사람들을 위해 요리를 하고 있을까.

미래의 나는 나를 사랑하고 있을까.

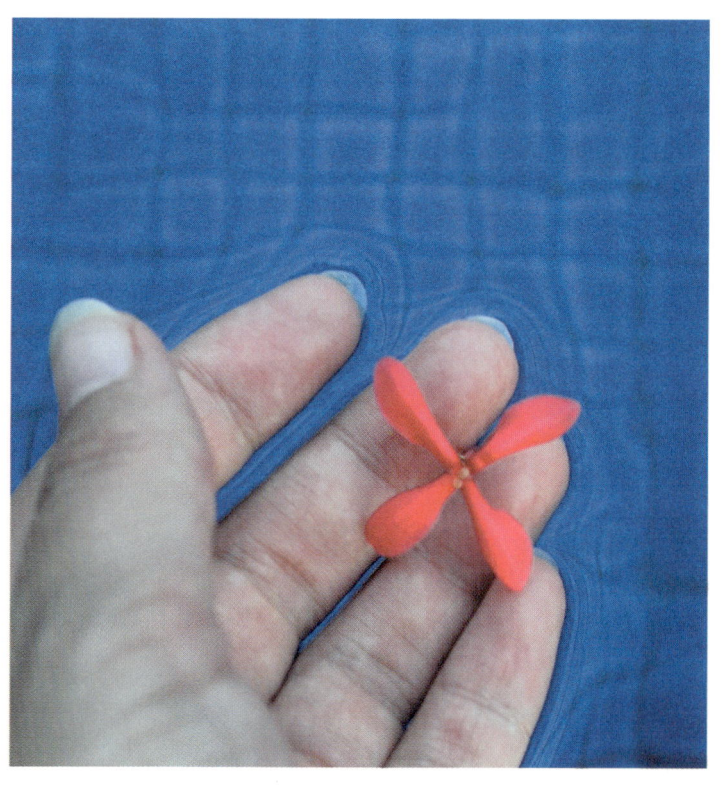

걱정은 이제 그만

우리가 걱정하는 대부분은 일어나지 않을 일들이라고 해요.

일어나지 않을 일들에 대한 걱정은 이제 그만.

이미 손쓸 수 없는, 지나간 일들에 대한 고민도 그만.

걱정보다는 실천이 필요해요.

오늘부터 액션 배우처럼.

"레디 액션!"

관계의 롤러코스터

한때는 가족보다 가까웠던 친구들이 있었다. 매일 붙어다니면서 깔깔거렸고 눈물을 흘리기도 하며 가족보다 더 살갑게 지냈다. 그러나 사회인이 되고 연애를 하고 결혼을 하고 아이를 키우면서 조금씩 뜸해지던 전화는 이제 연례행사가 되고 말았다.

해질 무렵이면 유난히 친구들의 얼굴이 떠오르면서 궁금한 생각이 들지만 주머니 속 전화기를 꺼내 버튼을 누르지는 않는다. 지금은 각자의 자리에서 열심히 살아가는 시기라는 생각이 들기 때문이다.

관계가 변화하는 것은 계절의 변화처럼 자연스러운 일이다. 그 법칙을 애써 거스르려 하면 오히려 상처를 입게 된다. 왜 전화하지 않느냐고, 우리의 우정이 이것밖에 안되느냐고 화내고 따질 게 아니라 변화된 관계를 받아들여야 한다.

지금 잠시 멀어졌다 하더라도 진정한 관계라면 언젠가는 또다시 가까운 관계로 돌아오기도 한다. 다시 회복되지 않는다면, 안타까운 일이지만 어쩔 수 없다.

밝은 사람 만나기

기운도 전염된다. 좋은 기운과 나쁜 기운을 가지고 있는 사람이 있다.

나쁜 기운을 가진 사람을 자꾸 만나면 내 기운마저 그쪽으로 물들 수 있다. 불평과 불만을 입에 달고 사는 사람을 만나면 어김없이 기운이 쪽 빠지면서 의욕이 없어지는 것을 보면 알 수 있다.

늘 긍정적이고 즐거운 태도를 가진 사람을 만나면 없던 의욕도 생기고 희망이 생긴다. 결국 내가 만나는 사람이 내 인생의 방향을 변화시킨다.

사랑

사랑은 건강한 것.

사랑은 자연스러운 것.

그러므로

자로 재지 말고

무게로 달지 말고

아낌없이 사랑할 것.

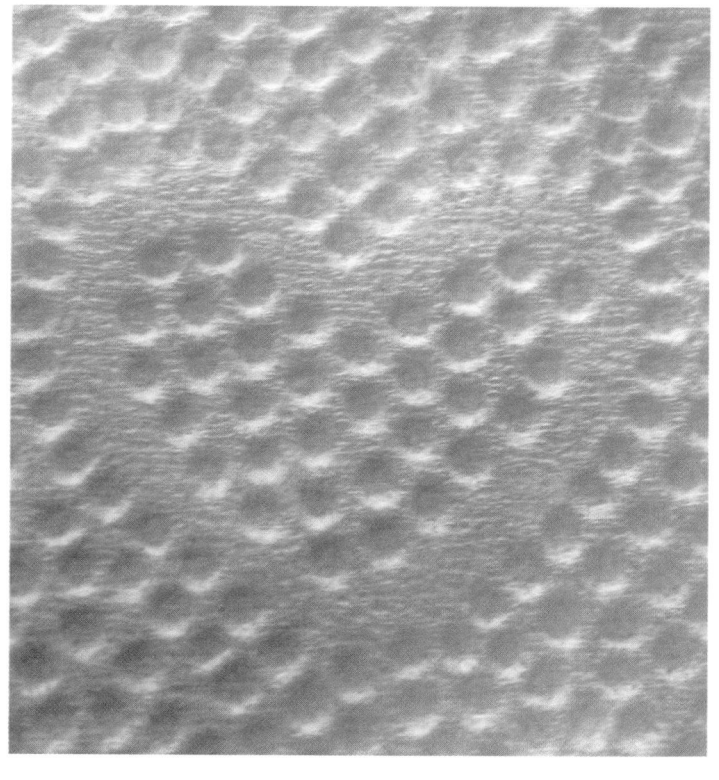

솔직하기

포장하지 마세요.
있는 그대로의 나를
드러내세요.

꾸미지 마세요.
느껴지는 만큼
웃어요.

솔리다르노시치

마음이 한없이 어두운 곳을 헤맬 때 필요한 것은 친구다. 나를 알아주는 친구, 나 자신을 꾸미지 않아도 신경 쓰이지 않는 친구, 더 잘나야 한다는 경쟁을 하지 않아도 좋은 친구, 내 생각을 나누고 즐거움을 나눌 수 있는 친구를 찾아야 한다.

학교를 졸업하고 사회인이 되고 난 후에는 친구의 숫자가 늘어나지 않는다. 그나마 있던 친구들이 하나둘 떠나 만나는 친구가 손가락에 꼽힐 정도다. 그 이유는 간단하다. 학생 때는 굳이 노력하지 않아도 매일 만나서 관계를 맺어야 하는 친구가 부록격으로 따라붙었지만, 사회인에게는 필수가 아니라 선택이기 때문이다. 굳이 친구를 사귀지 않아도 얼마든지 불편 없이 잘 먹고 잘 살 수 있다.

그러나 잘 먹고 잘 사는 것은 겉모양에 불과하다. 진정한 친구가 없다면 삶의 의미는 퇴색된다. 그런 의미에서 나이가 같은 친구나 같은 학교를 나온 친구 등 일반적인 의미의 친구 말고 나에게 어떤 친구가 있는지 떠올려 보자. 내 생각과 꿈과 철학을 함께 나눌 수 있는, 그러면서 재미와 의미를 찾을 수 있는 친구가 필요하다.

솔리다르노시치(Solidarność).

연대라는 뜻이다. 같은 꿈을 꾸는 사람들과의 유대는 강력한 힘이 된다.

응원

나를 응원해 주는 사람으로 주변을 가득 채우세요.

나를 기운 빠지게 하는 사람과 가까이 하지 마세요.

나를 응원해 주고 이끌어 주는 사람을 만나세요.

나를 보석처럼 다루어 주는 사람과 만나세요.

그래야 스스로 반짝이는 보석이 될 수 있어요.

행복 찾기

행복한 사람은 행복을 찾지 않는다.

그저 자신의 인생을 음미할 뿐이다.

소금이 부족한 사람이 소금을 찾듯,

소금이 없는 음식에 대해 맛을 느끼지 못하듯

행복을 탐닉하는 사람은 어쩌면 불행하다.

소금이 없어 부족한 인생이라는 생각 때문에

인생의 맛을 느끼지 못한다.

사랑의 신비

결혼식 화환에 빠지지 않는 거베라.

거베라의 꽃말은

신비한 사랑.

언제, 어떤 모양으로 왔다가

어떻게 꽃피고

언제 떨어질지

짐작할 수 없기에

사랑은 신비하고

오묘한 그 무엇.

Chapter 4

웃으며 위기를
극복하는 법

우리는 왜 넘어질까?

그건 바로 일어서는 방법을 배우기 위해서야.

－영화 〈베트맨 비긴스〉 중에서

인생은 자갈밭

예순 살의 어느 선생님이 말씀하셨다.

"인생, 지금껏 살아봤더니,
하루도 어렵지 않은 날이 없더라.
인생은 자갈밭이다.
돌부리를 차면서 걸어가는 거다."

인생은 패키지

인생은

좋은 것과 싫은 것이 섞여 있어서

한꺼번에 구입해야 하는 패키지 같은 것.

나를 리셋 하는 시간

나이 든다는 건 외로워진다는 것. 스무 살의 친구들은 모두 어디론가 떠나고, 먹고 사는 일에만 핏대를 세우는 날들의 연속이다.

나이 들었다고 생각하는 순간, 이 나이가 되도록 뭐했나 하는 생각이 드는 순간, 돈이나 권력 혹은 명예에 대한 욕망이 맹렬하게 고개를 내민다.

이렇게 아무것도 아닌 채 늙을 수는 없다고, 비장한 마음으로 꺼내 든 칼날을 마구 휘두르고 싶어진다. 이 칼은 돈이나 권

력이나 명예의 한 허리를 베는 것이 아니라 자기 자신을 상처 내는 무기로 돌변한다.

　나이에 비해 보잘 것 없는 나 자신 때문에 괴로울 때 해야 할 일은 칼을 꺼내 휘두르는 일이 아니라 자신을 다시 재무장하는 일이다. 돈이나 권력이나 명예의 훈장을 가슴에 달아야만 빛나는 자신이 아니라 스스로 빛을 발하는 보석이 되기 위해 나 자신을 무장하는 것, 그것이야말로 바로 나이 들었다고 느껴지는 지금 이 순간, 해야 할 일이다.

외로움과 친구되기

문득 무언가 그리워지는 날이 있다. 그러나 무엇이 그리운지 실체가 정확하지 않다. 내가 그리워하는 게 지나간 시간인지, 변해 버린 친구들인지, 떠나간 애인인지, 시냇물에 흘러간 슬리퍼인지, 무너지기 전 잘록했던 허리인지, 아니면 그 모두인지.

그리고 이내 외로움이 밀려온다. 나를 온전히 이해해 주는 사람이 세상에 아무도 없는 듯한 허전함. 이런 재료들로 팥빙수를 비벼먹고 나면 집에서 쉰 하루가 회사에 간 하루보다 더 지치고 힘겹다.

외로움과 정면대결을 벌여선 안된다. 외로움이란 녀석은 우리가 싸워야 할 대상이 아니라 살살 달래가며 함께 살아야 할 파트너다.

용기 근육 키우는
유산소운동, 무산소운동

인생을 살아가면서 필요한 것들이 무척 많지만 나이가 들어
갈수록 꼭 필요한 건 용기다. 비누처럼 닳아 없어지는 자신감
을, 꿈을, 희망을 키우기 위해서는 숨을 크게 들이쉬고 용기를
내야 한다. 영국에 '용기도 근육처럼 사용하면 강해진다' 는 속
담이 있다. 용기가 필요하지만 용기가 나지 않았다면 모두 용기
근육이 빈약한 탓이다. 이제부터 트레이닝해 보자.

용기 근육 만들기!

구슬

나이 든다는 건

구슬상자에서 싫어하는 구슬을 하나씩 빼는 것.

그리하여 구슬상자가 헐렁해지는 것.

몇 개 남은 구슬을 몹시 애지중지하는 것.

가지지 못한 것에 대한 아쉬움은
가진 것에 대한 감사로!

대학에 합격한 뒤, 입학식까지 남은 자투리 시간동안 아르바이트를 한 적이 있다. 무의미하게 노느니 용돈이나 벌자며 친구가 같이 하자고 제안해 선뜻 따라나섰던 아르바이트였다. 장소는 성수동 어디쯤, 친구 어머니께서 일하는 가방 공장이었다.

친구와 내가 맡은 일은 가방 모양으로 재단해 놓은 가죽에 본드를 칠하는 거였다. 본드를 가죽 안쪽에 잘 발라놓으면 되는 무척 쉬운 일이었다. 본드를 바른 가죽을 꾸덕꾸덕하게 마를 때까지 쥐포처럼 널어놓았다. 냄새가 심해 머리가 아프긴 했지만 일도 쉬웠고 언니, 오빠, 아저씨, 아줌마들도 무척 잘해 주었다.

일도 사람도 익숙해진 어느 날 점심시간이었다. 공장 바로 곁에 붙은 밥집에서 일찌감치 점심을 먹은 친구와 나는 남는 시간동안 공장 안을 어슬렁거렸다. 다른 직원들은 공장 밖에서 맑은 공기를 쐬는지 공장 안에는 마침 친구와 나밖에 없었다.

가방공장 내부에는 신기한 기계들이 많았다. 가방모양으로 가죽을 재단하는 프레스 기계를 구경할 때였다. 무슨 단추를 잘못 눌렀는지 높은 곳에 올라가 있던 프레스 기계가 순식간에 밑으로 떨어져 내렸다. 쿵하는 엄청난 소리와 함께 내려온 기계는 밑에 놓여 있던 가죽을 단숨에 절단했다. 순간 손을 뺐으니 다행이지 손을 그 위에 놓고 있었더라면 프레스 기계의 칼날에 손목이 떨어져나갔을 아찔한 상황이었다.

너무 놀라 소리를 지르며 손목을 부여잡고 자리에 주저앉았다. 비명을 듣고 달려온 아저씨들도 가슴을 쓸어내렸다. 다행이라고 생각해서였는지 야단도 치지 않았다.

이날의 기억은 오래오래 잊히지 않고 자주 되살아났다. 손으로 뭔가를 하고 있을 때는 특히 더 생각났다. 요리를 할 때, 그림을 그릴 때, 조카의 손을 잡을 때, '손이 있어 다행이다' 하며 감사의 마음을 갖게 된다.

'남의 떡이 커 보인다'는 속담은 얄밉게도 옳다. 내가 가진 것은 뒷전이고 남의 손에 들려 있는 떡에만 관심이 간다. 그리고 그 떡을 가지지 못한 게 그렇게 분하고 원통할 수가 없다.

남의 떡이 커 보일 때면 내 손을 들여다본다. 그래, 나에게는 감사할 것이 무척 많다. 두 손이 있고, 사랑하는 엄마, 아버지, 가족들이 있고, 신체 건강하게 하루하루를 보낼 수 있고, 또 매일 출근할 수 있는 회사가 있고, 나를 격려해 주는 좋은 친구들이 있다. 내가 가진 것을 하나씩 떠올리면 가지지 못한 것보다 가진 것이 훨씬 더 많다는 사실을 알게 된다.

잠시 내려놓음

소금쟁이처럼

마음을 가볍게 만드는

달콤한 휴식.

두부를 만드는 시간

한 방울의 간수가 두부를 엉기게 하듯
흩어져 있던 생각들이 뭉치는 건
한 순간 깨달음이면 충분하다.

중요한 것은 충분히 정성스럽게 콩물을 끓여야 한다는 것.

콩물이 끓는 그 지루한 시간을 사랑해야 한다.

조바심 내지 말고 그 시간을 이해하고 즐겨야 한다.

이때 필요한 것은 채찍질이 아니라 자신에 대한 믿음이다.

웃어요

웃는 얼굴이 예쁘죠?

웃어 보세요.

아무것도 근심하지 않았던

어린 날, 그때처럼.

하루 세 가지 마인드 컨트롤

1. 소유는 행복이 아니다.

2. 내가 출근하는 곳은 내 개인 사무실이다.

3. 남의 행복이 커진다고 내 행복이 작아지지 않는다.

| 김효원, 뒷모습, 20호, 캔버스에 아크릴 |

걷기

식물이 아닌

동물로 태어난 까닭에

멈출 수 없다.

걸어야 한다.

기도하는 날들

어쩐지 모든 게 자신 없는 날이 있다. 바이오리듬은 무섭도록 정확해서 오르막이 있으면 반드시 내리막이 있다. 내리막을 지나 바닥을 친 날은 모든 게 낯설어서 내가 나인 것조차 이상하게 느껴진다. 세상에 나를 내보이는 것이 두려워 한걸음 발을 떼는 것도 힘겹다. 자신감 제로 상태다.

이런 날은 누구와 전화통화도, 누군가를 만나는 것도 자제하는 것이 정답이다. 누구를 만났을 때 그 누군가가 바이오리듬의 정점이어서 밝고 화사하다면 나의 그늘은 더욱 깊게 느껴질 테고, 그 누군가가 내리막이라면 두 사람의 어둠이 더해져 더욱 비참하게 느껴질 것이기 때문이다.

나 자신의 문제는 그 누구도 대신 해결해줄 수 없다. 자신감 제로 상태일 때는 혼자의 시간을 가져야 한다. 고요히 나 자신에게, 그 어떤 초월적 존재에게 질문을 던져야 한다. 빈 우물이 다시 차오를 때까지 고요히 기도해야 한다.

바람 나무

나무의 이름은 알 수 없었지만

그 나무를 본 순간, 마치 내 마음 같았다.

오랜 시간 동안 그 자리에 서서 바람을 맞아온 나무는

바람을 피해 고개를 돌린 듯 온 가지가 휘어져 있었다.

내려놓기

누구나 조금씩은 혼자고
누구나 조금씩은 외롭고
누구나 조금씩은 슬프다.

유독 나만 더 그러하다고
자꾸 조바심치는 마음을
이제 그만 내려놓고 싶다.

흐르고 흐르다 보면 결국에
바다에서 만나는 저 물처럼
나 역시 우주의 어느 지점을 향해
흐르고 있는 중일 테니까.

운명의 평균값

긴 운으로 보면
마찬가지일 거라고
그 아이가 말했다.

놓쳐버린 그것이
노다지였는데
이러면서
아까워, 아까워 노래를 하던
나에게.

고운 마음

함부로 버리지 말자.
한 번 더 배려하자.
쓰고 버릴 마음이라도 곱고 예쁘게.

내 묘비명을 위하여

70대 중반의 미국인 친구가 있다. 여행에서 그의 집을 방문했을 때였다. 집 근처의 이곳저곳을 구경시켜 주던 그는 한적한 공원의 어느 묘비 앞에 자동차를 세웠다.

자동차에서 내려 묘비를 구경하던 나는 깜짝 놀라고 말았다. 그것은 다름 아니라 그의 묘비였다.

아무개 여기서 잠들다. 언제 태어나 언제까지 살았고 무슨 일을 했다. 살아생전 가장 좋아했던 것은 풋볼이었고, 무슨 팀의 팬이었다. 묘비에는 그가 가장 좋아했다는 스포츠 팀의 깃발이 그림으로 새겨져 있었다.

놀라는 나에게 그가 말했다.

"내가 직접 썼고 그림도 내가 골랐다. 내 묘비니까 내가 좋아하는 걸로 채우고 싶었다."

자신의 죽음에 대해 입밖으로 꺼내 말하는 걸 금기시하는 우리의 문화에 젖어 있던 나는 큰 문화적 충격을 받았다. 자신이 언젠가 죽을 거라는 사실을 인식하는 것은 물론 자신의 묘비명까지 디자인해 놓은 모습은 충격적이었다. 또 자신의 묘비를 구경시켜 주면서 그렇게 해맑게 웃을 수 있다는 사실도 놀라웠다.

이후로 나 역시 가끔은 생각해 보게 됐다. 내 묘비명에는 어떤 글을 남겨야 할까?

"우물쭈물하다 내 그럴 줄 알았다"고 썼다는 버나드 쇼처럼 유머러스하지는 않더라도 나 자신의 인생을 축약하는 한마디를 담고 싶다.

아직 그 한마디를 결정하지는 못했지만, 그 한마디를 만나기 위해 더 열심히 하루를 살아가고 있다.

잠들기 전 10분 명상

잠들기 전 좋은 생각을 하면 꿈속이 편안하다. 자기 전 걱정을 하면 걱정한 내용이 꿈에 고스란히 상영된다. 다음날 만나야 할 사람에 대한 걱정을 하고 잠이 들면 꿈속에서 그 사람을 만나 좋지 않은 상황을 만나게 된다. 혹은 그 사람을 만날 장소를 찾지 못해 헤매기도 한다.

이처럼 사람의 머릿속은 무척 불가사의한 작용들이 일어난다. 일찍 일어나야 한다고 되뇌고 잠이 들면 알람이 울기도 전에 눈이 번쩍 뜨이는 것도 그렇다.

잠들기 전 어떤 생각을 하느냐가 자신의 무의식을 컨트롤하는 키라고 할 수 있다. 하루를 마무리하는 잠들기 직전의 10분이 중요하다. 잠들기 직전 하루를 기도와 명상으로 마무리하면 꿈속에서 행복한 시간들을 보낼 수 있고, 또 뇌 속에서 긍정의 작용들이 일어나 다음날 하루를 더욱 씩씩하고 즐겁게 보낼 수 있게 된다.

바통 터치

인생이 계주라고 했을 때

바통 터치가 중요하다.

잘 달리는 것도 중요하지만

바통을 잘 넘기고 받는 게 더 중요하다.

언제 어디서라도

자연스럽게 달릴 수 있게.

자만 금지

"자만하는 순간 운명이 발동된다" 는
파울로 코엘류 작가의 문장이 있다.
자만할 때 자동차가 부서지고
자만할 때 무르팍이 깨진다.
겸손하게, 언제나 처음인 듯
천천히, 신중하게.

예측 불가능한 삶과 예측 가능한 삶

우리는 예측 가능한 삶을 원한다. 공부를 하고, 취직을 하고, 아이를 낳고, 저축을 하는 행위는 예측 가능한 삶을 살기 위한 목적이다. 매일 일기예보를 듣는 것도 비를 맞지 않기 위해서고, 부지런히 약속을 잡는 것도 혼자 밥을 먹지 않기 위해서고, 저축을 하는 것도 아플 때 병원에 가기 위해서다.

우리는 매순간마다 하나의 선택이 어떠어떠한 삶을 가져다줄 거라고 믿으며 불확실한 카드를 뒤집어 확실한 카드로 바꿔 놓는다.

그러나 충분히 예측하고 카드를 선택한다고 해도, 인생은 결코 예측한대로만 흐르지 않는다. 확실할 거라고 믿고 선택했던 카드가 갑자기 다른 카드로 바뀌면서 전혀 예상치 못한 일들이 벌어진다.

전혀 예측하지 않은 일들이야말로 어떤 의미에서는 삶을 생동감 있게 만들어 주는 요소다. 예측한대로 사는 삶은 어쩌면 두 번째 보는 드라마처럼 맨송맨송할 것 같다. 예측 불가능한 삶이야말로 내가 쓰는 내 인생의 대본이다.

Chapter 5

아직 오지 않은,
내 인생의
클라이맥스를 위해

오늘은 당신의 남은 생애의 첫날입니다.

―영화 〈아메리칸 뷰티〉 중에서

산다는 건

흙탕물 가득한 물웅덩이 길을
기꺼이 걸어가는 일.

비 그치고 햇살 가득한 날을
기대하며
즐겁게 가는 것.

나의 기준

누구나 인생의 클라이맥스를 꿈꾼다. 클라이맥스의 기준은 저마다 다르다. 세상이 내게 준 기준이 아니라, 나 스스로 기준을 만들어야 한다. 내 기준대로 나만의 클라이맥스를 차근차근 준비한다면, 지금까지 나를 불안하게 했던 100가지 이유들을 무찌를 수 있다.

주름에 대한 집착

요즘 세상에는 나이 든 게 죄다. 아니 엄밀히 말하면 나이 들어 보이면 죄다. TV를 틀면 나이를 가늠하기 어렵게 팽팽한 얼굴을 자랑하는 연예인들이 가득하다. 데뷔한 지 20년 이 넘는 여자 연예인들이 데뷔 초기보다 더 팽팽한 모습으로 화면을 장식한다. 그 모습을 보고 있노라면, 늙지 않는 게 정상이라는 생각까지 든다.

성형수술이 이제는 시간을 멈춰 주는 미다스의 손으로 각 광받고 있다. 의사들은 눈밑 다크서클을 없애거나 볼에 지방을 넣으면 몇 살은 더 어려 보인다고 부추긴다. 주름을 없애 주는 보톡스도 성행한다.

문제는 성형을 한 번 받는다고 해서 노화가 멈추는 건 아니라는 사실이다.

성형도 중독된다. 더 예뻐지고 싶고 더 젊어지고 싶은 병.

· 눈과 코를 했더니 이마를 통통하게 만들고 싶더라고 고백
했던 후배가 있다. 조금씩 성형수술을 통해 얼굴을 고칠 때
마다 예뻐지는 모습에 스스로 빠져들게 되더라는 것이다.

만약 얼굴을 무기로 먹고 사는 연예인이라면 성형수술을
굳이 말리고 싶지는 않다. 또 지나치게 작은 눈 때문에 세상
이 좁아 보인다면 그것까지야 막을 순 없겠다. 그러나 자신
의 얼굴을 도화지 삼아 새 세상을 창조하고 싶어지는 단계
라면 심각하다.

주름도 마찬가지다. 보톡스를 맞으면 주름이 없어진다지
만 문제는 효과가 6개월 정도밖에 지속되지 않는다는 거다.
주름이 하나씩 늘어나는 건 몹시 스트레스지만, 그 스트레
스를 받아들이며 나이듦을 인정해야 한다.

세월

지금 거울을 들여다보는 당신,

그 모습 그대로

행복하세요.

더 예뻐진 다음에,

더 부자가 된 다음에, 라고 말하지 마세요.

행복은 목표가 아니니까요.

좋은 사람, 좋은 식탁

좋은 날의 기억 속에는

늘 사람이 있다.

그리고 또 좋은 음식이 있다.

요리를 할 줄 알면

인생은 더 풍성해진다.

춤추는 법을 배우면
삶이 더 가벼워진다

춤은 중력을 잊게 해주는 마법의 도구.

나비처럼 허공에 살짝 뜬 기분을 느낄 수 있다.

춤추는 법을 배우면

삶이 얼마쯤 가벼워진다.

그림 그리는 토요일

매주 주말이면 교외로 가는 전철을 탄다. 털컹이는 전철에는 나들이 가는 사람들로 가득하다. 짧은 휴일을 만끽하려는 사람들의 즐겁고 밝은 웃음이 내 마음까지 환하게 만들어 준다. 휴일에 내가 가는 곳은 교외의 작업실이다. 열정적으로 작업하는 화가 선생님께서 불청객의 방문을 기꺼이 허락해 주셨다.

한때 내 소유의 작업실이 갖고 싶어 열을 올리곤 했다. 교외에 작업실을 마련하려면 얼마나 큰 비용이 드는지 알고 나서는 무척 상심했다. 그러나 "작업실이 중요한 게 아니라 스케치북을 펼쳐 그림을 그리는 게 중요하다"는 말씀을 듣고 나서야 작업실에 대한 욕망이 허영이었음을 알았다.

선생님의 작업실 한편에 내 조촐한 화구를 펼쳐 놓으면 그 어느 멋진 작업실도 부럽지 않다. 간간이 새 소리와 나뭇가지 떨어지는 소리가 음악을 대신해 준다. 교외로 나가는 행위를 통해 나는 다시 한 주를 살 에너지를 충전한다.

소울 푸드는 내 영혼의 정수기

어린 시절, 강원도 영월의 산골 아이였던 내가 구경할 수 있었던 음식은 대부분 푸성귀였다. 그것도 여름에나 흔하지 겨울에는 무말랭이나 호박오가리처럼 말린 나물이 고작이었다. 그래서 겨울에 먹는 콩나물은 더욱 귀하고 맛있는 음식이었다.

콩나물도 그냥 콩나물이 아니라 할머니가 직접 키운 콩나물이다. 고모들이 모두 출가하고 창고가 된 윗방은 겨울이면 식재료 저장고가 된다. 고구마, 메주, 마늘같은 식재료가 놓인 사이 가장 좋은 자리를 차지하는 것이 콩나물시루다.

빨간 함지박 위에 나무막대기를 걸친 후 또록또록한 콩을 시루에 담아 그 위에 얹는다. 함지박 안에는 찰박찰박 물이 담겨 있고 바가지가 하나 동동 떠 있다. 콩나물시루를 앉힌 할머니는 식구들에게 생각날 때마다 물을 주라고 신신당부한다. 밤참으로 먹을 고구마나 할아버지가 오일장 가서 튀겨온 강냉이를 가지러 오가는 사이 콩나물시루에 물을 준다. 귀찮아서 몇 번은 그냥 지나치기도 했다. 그래도 검은 천을 이불처럼 덮은 콩나물은 매일매일 쑥쑥 천을 들어 올리며 잘도 자랐다. 눈이라도 오는 날이면 사락사락 눈 내리는 소리와 함께 쑥쑥 콩나물 크는 소리가 들리는 것 같기도 했다.

검은 천을 열고 콩나물을 뽑아든 할머니는 잔뿌리 없이 잘 자란 콩나물을 보곤 흡족한 표정을 지으셨다. 꼬맹이들이 물을 줬으면 얼마나 줬을까마는 할머니는 잘 자란 콩나물을 보며 우리의 머리를 쓰다듬어 주셨다.

콩나물을 먹으면서 꼬맹이들은 또 쑥쑥 컸다. 할머니가 십리를 걸어 오일장에서 사다준 '도꼬리' 같은 일본이름의 옷들도 겨울이 지나기 전에 소매가 깡총해졌다.

겨울이면 콩나물시루를 앉히던 할머니는 오래 전 돌아가셨지만 할머니를 추억하며 어린 시절의 음식들을 만든다. 추억의 음식이 나를 맑게 정화해 준다.

도전하는 그녀가 아름답다

처음 그녀를 만난 건 그녀가 스무 살 무렵이었다. 모델의 꿈을 이루기 위해 노력하던 친구였다. 얼굴도 꽤 예쁘고 몸매도 훌륭했던 그녀는 여러 매체들이 촬영을 요청하는 모델로 성장했다. 그러나 다른 모델에 비해 조금 작은 듯한 키가 문제였다. 큰 모델들 틈에서 살아남기 위해 분투하던 그녀는 나약해지는 자신을 다잡기 위해 등산을 하기 시작했다. 체력을 키우면서 자신을 단련한 그녀는 모델 일을 접고 또다른 꿈을 위해 유학을 떠났다.

외국에서 한동안 꽃꽂이를 배우고 돌아온 그녀는 꽃가게와
카페를 결합한 플라워카페를 냈다. 플라워카페에서 앞치마를
두르고 꽃을 다듬는 그녀는 모델 일을 할 때만큼 행복해 보였
다. 꽃꽂이 전시회를 열기도 하면서 살뜰하게 자신의 꿈을 펼치
고 있는 그녀는 출중한 외모 덕에 모델 생활을 할 때 못지않게
사람들의 시선을 받는다.

그녀가 꽃을 선택한 이유는 '기쁜 날도 슬픈 날도 함께 하는 것이 꽃이기 때문'이었다. 한번도 해 보지 않은 일을 시작한다는데 대해 "물론 두려움도 있었지만 나를 믿고 발걸음을 뗐다"는 그녀. 앞으로의 인생에 또 어떤 도전이 필요한 순간이 닥칠지 알 수 없지만, 피하지 않겠다는 태도가 그녀가 매력적인 이유다.

막연한 두려움은
지퍼백에 담아 냉동실로

두렵다.

내일이 두렵고 모레가 두렵고 1년 뒤, 10년 뒤, 50년 뒤가 두렵다.

두려움은 아침 안개처럼 스멀스멀 피어나서 혈관을, 심장을, 온몸을 덮친다. 약 먹은 물고기처럼 온몸이 뻣뻣해지고 소름이 돋는다.

가슴이 덜컥 내려앉는다. 심호흡을 해도 가라앉지 않는다. 물론 당장 끼니 걱정을 해야 할 만큼 수입이 끊긴 일도 없고, 몸이 아파 더 이상 일을 할 수 없는 상황도 아니다.

먹고 사는 일이 막막하게 느껴져 잠자다 말고 벌떡 일어나 앉게 된다는 후배가 있다. 후배는 현재 여기저기 오라는 곳도 많고 하라는 일도 많고 수입도 '짱짱한' 프리랜서다. 잘나가고 있음에도 불구하고 안정적인 직업이 아니라는 생각이 들 때면 가슴이 덜컥 내려앉으면서 식은땀이 난다고 했다. 특히나 갓 태어난 아이를 생각하면 더욱 조급증이 난다는 그다.

우리의 고민들 중 대부분은 아직 벌어지지 않은 일을 곗돈처럼 끌어다 쓰는 경우가 많다. 닥치지 않은 미래가 현실의 내 가슴을 짓눌러 얼굴에서 웃음을 앗아간다.

물론 미래에 벌어질 수 있는 불운에 미리 대비하며 사는 것은 좋은 일이다. 그러나 미래를 대비하는 것과 두려워하는 것은 다르다.

커서 하는 공부가 진짜 공부

초·중·고등학교를 거쳐 대학에 진학하고 나면 부모님으로부터 더 이상 "공부하라"는 잔소리를 듣지 않게 된다. 대학을 졸업하고 취직을 하고 나면 빛의 속도로 공부로부터 멀어지고 만다.

그러나 대학 때까지 배운 지식이 얼마나 얄팍한 것이었는지 깨닫게 되는 데는 그리 긴 시간이 걸리지 않는다. 사회에서 이리 치이고 저리 치이면서 정작 중요한 지식에 대해 제대로 알고 있는 게 없다는 사실만을 처절하게 깨닫게 된다.

글 쓰는 L선생님은 "20대는 여러 가지를 접하면서 내가 무엇을 좋아하는지 알아내면 되는 시기"라고 말씀하셨다. 그리하여 30대부터 본격적인 공부에 돌입하라고 조언하셨다.

결국 20대에 평생 공부를 마친 듯 착각하는 게 아니라 30대에 비로소 공부의 첫 출발선에서 발을 떼는 것임을 일깨워 주셨다.

나이 들어서 하는 공부가 진짜 공부다. 학생 신분으로 하는 공부는 반드시 내가 원해서 하는 공부라기보다는 해야 하는 당위성 때문에 하는 공부기 때문이다. 누구의 강요 없이 나 스스로 미치도록 알고 싶어서 하는 공부가 진짜 공부다. 그렇게 하는 공부만이 내 온 몸과 영혼에 스며들어 온전히 내 것이 된다.

이미 공부할 시기가 늦었다고 생각돼 미리 포기해서도 안된다. 어느 나이라도 상관없다. 간절히 알고 싶은 것이 있다면 시작해야 한다. 커서 하는 공부가 진짜 공부다.

기록하는 즐거움

　주변에는 꿈이 없다는 친구들이 의외로 많다. 뭘 좋아하는지, 뭐가 되고 싶은지 도무지 모르겠다고 푸념한다. 되고 싶은 게 있다면 전력질주할 수 있을 테지만 하고 싶은 것도 되고 싶은 것도 없는 무료한 날들을 보내고 있다는 것이다.

　만약 아무것도 모르겠는 상태라면 자신을 깊이 들여다보는 시간이 필요하다. 자신을 알기 위해 우선 자신과 관계된 모든 일들을 낱낱이 기록해 본다. 초등학교 때 숙제로 일주일치를 한꺼번에 쓰던 그런 일기가 아니라 매일매일을 기록하는 거다.

처음엔 누구를 만나 무엇을 먹었나가 주로 쓰일 테지만, 얼핏 무의미해 보이는 작업이지만 포기하지 말고 계속 해본다. 기록하는 작업은 자신을 객관화시키는 효과를 가져온다. 흔히 자기 자신을 가장 잘 알고 있다고 느끼지만 정작 제대로 모르는 경우가 있을 수 있다.

포털 사이트의 블로그를 활용하는 것도 괜찮은 방법이다. 한 달, 두 달, 세 달… 시간이 지남과 동시에 기록들이 쌓여간다. 이 기록들을 프린트해 되짚어 읽어 본다. 일기 속에는 너무 잘 알고 있다고 생각해왔던 자기자신의 모습이 낯설게 담겨 있을 거다. 기록 속의 주인공이 어떤 일에 분노하고 어떤 일에 기뻐하고 어떤 일에 행복해했는지 찬찬히 분석해 본다.

이런 방법을 통해 좋아하는 일이 뭔지 찾았다면 이제는 그 꿈을 실현할 방법을 찾아야 한다. 꿈을 실현하기 위해서는 아침에 일기를 쓰라고 조언해 준 책이 있다. 흔히 일기란 하루의 마무리 단계에서 하루를 되돌아보며 쓰는 거라고 생각해왔던 편견이 무너지는 순간이었다. 아침에 쓰는 일기는 일기가 아니라 '드림 플랜' 이다. 나 역시 아직까지 꿈을 실현하는 방법을 찾지 못했다. 드림 플랜을 꾸준히 쓰지 못해서라고 변명해 본다.

You have power more than you think

아무것도 손에 잡아 놓은 것 없이 서른 살이라는 암초를 맞닥뜨리게 된 스물아홉 살 무렵이었다. 상상이란 얼마나 힘이 센지, 스물아홉 살에 상상했던 서른 살은 너무도 절망스러웠다. 막상 서른 살이 되었을 땐 담담했으며 오히려 마음이 편해지고 참 좋은 나이라고 느끼기까지 했지만.

스물아홉 살은 매일이 겨울이었다. 불안하고 초조하고 안절부절 마음은 길거리의 까만 비닐봉지처럼 이리저리 나뒹굴었다.

새로운 세계를 향해 알을 깨고 나갈 용기는 없고, 그렇다고 무의미해 보이는 현실에 서 있는 나 자신을 참아 주기에도 어정쩡한 날들이었다.

일주일의 미국 출장이 떨어졌다. 서부 지역에 위치한 모 화장품 회사를 견학 가는 일이었다. 샌프란시스코에서 버스로 로스앤젤레스까지 이동하는 경로였다. 로스앤젤레스에서 일이 끝나고 라스베이거스를 들러 돌아오게 됐다. 라스베이거스를 향해 직선으로 이어진 끝없는 네바다 모하비 사막 길을 달려가고 있었다.

나무 그늘 하나 없이 황량한 도로 위를 버스는 끝없이 달렸다. 졸며 깨며 달려가는 중에도 서울에서부터 데려온 미래에 대한 불안감은 끈질기게 나를 괴롭혔다.

졸음에 겨운 눈을 들어 사막을 쳐다봤을 때 그때 그 문장이 눈에 들어왔다. 순간 머릿속이 환해지는 느낌이었다.
'You have power more than you think.'

무슨 광고를 하는 간판이었는지는 잊었지만 그 문장만큼
은 가슴속에 콕 새겨져 오랫동안 나를 밝혀 주는 등불이 되
었다.

그래, 내게는 내가 생각하는 것보다 더 많은 힘이 있을
거야. 내가 가진 힘으로 뭐든지 할 수 있을 거라고 생각하니
안개가 걷히는 기분이었다. 나는 나를 믿고 두려움을 넘어
앞으로 걸어가야 한다.

길을 잃은 것같은 기분이 들 때, 안개 속에 갇힌 듯 아무것
도 보이지 않을 때 그런 때는 눈을 감고 가만히 중얼거린다.

I have a power more than I think.

변화에 몸을 맡겨라

한때 가수로 활동했던 친구가 있다. 그 친구는 활동 당시 여성팬들의 사랑을 많이 받으며 스타로서의 지위를 누렸다. 그러나 정상에 올라가기 전 시련을 맞이했고 결국 가수 생활을 접고 평범한 일반인의 삶을 살게 됐다.

그에게 스타로 살다가 평범한 삶을 사는 데 적응하기 얼마나 힘들었느냐고 질문한 적이 있다. 의외의 대답이 돌아왔다.

"사람에게는 늘 변화가 닥치는데 변화는 마치 파도가 치는 것과 같아요. 파도더러 멈추라고 할 수 없는 것처럼 모든 것이 똑같기를 바랄 수는 없는 거예요. 지금 가수로 활동하지 않지만 노래를 포기한 건 아니에요. 지금 할 수 있는 일을 충실히 하고 난 뒤 다시 노래하면 되니까요."

그는 노래의 꿈을 잠시 접어 두고 새로운 꿈을 꾸고 있다. 전 세계를 깜짝 놀래키겠다는 포부를 가지고 밤잠을 줄여가며 일에 몰두하고 있는 모습에서 변화를 적극적으로 수용하는 사람이 아름답다는 사실을 느꼈다.

자신의 내면 속 부정적 자아가 "할 수 없다"고 속삭일 때 오히려 "할 수 있다"고 다독이며 수년째 자신의 꿈을 펼치지 위해 노력하고 있는 친구의 목소리는 항상 밝다. 그 긍정의 에너지를 만나고 돌아오는 날에는 나 역시 긍정의 에너지가 가득 충전된다.

모든 것을 다 가진 후에

　내 손에 넣기만 하면 인생이 행복해질 것처럼 느껴지는 물건들이 몇 가지 있었다.

　먼저 카메라가 그랬다.

　고수들이 사용하는 DSLR카메라만 있으면 사진을 무척 잘 찍는 전문가가 될 거라고 생각했다. 간절히 바라다 고급 카메라를 가지게 됐지만 사진 잘 찍는 전문가는 되지 못했다. 무게 때문에 매일 가지고 다니기에는 부담스러워 오히려 싸구려 카메라보다 더 사진찍는 횟수가 줄었다.

또 하나는 미니 노트북. 그것만 있으면 아침저녁으로 출퇴근 시간에 열심히 글을 써서 대하 소설이라도 완성할 수 있을 거라고 믿었다. 그러나 정작 미니 노트북이 생기고 난 뒤 지하철에서 노트북을 펼치는 일은 드물었다. 옆 사람과 바짝 붙어 있어 팔을 움직이기가 불편하기 때문에 노트북을 사용하기보다는 휴대폰을 들여다보는 일이 많았다.

내가 원하는 완벽한 행복의 세계는 내가 생각했던 조건들을 모두 갖춰진 다음에 찾아오는 것이 아니라 뇌가 만들어낸 환상에 불과했다.

갖고 싶은 것들을 모두 다 손에 넣는다 해도 우리의 뇌는 또다시 부족한 어떤 것을 찾아내 강렬하게 열망하게 만들 게 분명하다. 결핍감의 고리를 끊어내려면 모든 것을 다 가져야 행복해질 수 있다는 환상을 깨뜨려야 한다. 부족해서 좋은 것도 얼마든지 있다고 생각하면 욕망으로 내달리던 마음이 천천히 속도를 떨어뜨린다.

나이 든다는 건

나이를 한 살 두 살 먹는다는 건 밥을 짓는 것과 같다.

밥물이 끓어 넘쳐 냄비 뚜껑까지 들썩이던 20~30대가 지나고 나면 쌀알이 푹 퍼져 뜸이 들 수 있도록 불을 줄여야 하는 시간이 온다. 바깥으로 들끓었던 마음을 내려놓고, 안으로 잦아들도록 마음의 심지를 낮춰야 하는 시간. 40대에도, 50대에도 여전히 뜨겁기만 하다면 밥은 타버리고 말 것이다.

어느 날은 지리멸렬한 것 같고, 또 어느 날은 조금 알게 된 것 같아 기쁘고, 또 어느 날은 다시 침잠하는 감정의 터널들 속에서도 한 가지 다행한 일이 있다면, 그것은 이제 더 이상 혼자의 시간이 두렵지 않다는 것.

외로울 때면 책꽂이에 꽂힌 책들에 시선을 던진다. 빼곡히 쌓인 저 책들은 모두 한 사람, 한 사람이 혼자서 외로운 시간을 보냈다는 증거물들이다. 저토록 명징하게 혼자의 사투를 증명하는 책들을 둘러보고 있으면 더 이상 외롭지 않다.

심지를 낮추고 혼자의 시간을 이겨낸 사람과 만나 조금 더 침잠하는 시간. 그 시간이 내 들끓었던 젊음의 불꽃을 잠재우며 나를 잦아들게 한다.

가꾸는 아름다움

젊은 날 빛나는 재능으로 인해 한껏 주목받았던 한 배우가 자신의 젊음이 서서히 소멸해가는 현상을 인정하고 그 공허를 철학으로 채워가는 모습을 본 적이 있다. 더 이상 젊지 않은 그의 얼굴이 젊을 때의 모습보다 몇 배는 아름다웠다.

스스로 아름답게 존재하기 위해 부단히 노력하는 사람은 그 모습 자체로 감동을 전해준다. 이때 아름다움은 스스로 치열하게 노력해 얻어낸 것일 때 더욱 빛나기 마련이다.

동행

우리는 혼자가 아닙니다.

함께입니다.

같은 곳을 향해 걸어갑니다.

당신을 응원합니다.

| JPP-B, 동행, 60×60cm, 유리에 새김 |

내게는 이름이 많다.

맨 처음 내 이름은 정희였다. 할아버지가 지어준 이름이다. 정희는 부끄럼 많고 부지런한 아이였다. 이후 초등학교 2학년 때 시골에서 도시로 전학 가면서 영숙으로 이름이 바뀌었다. 영숙은 도시라는 낯선 환경에 적응해가면서 씩씩하게 어른으로 자랐다.

어른이 된 어느 날 몽골을 여행하면서 오요나라는 이름을 얻었다. 오요나라는 이름은 내게 작가라는 타이틀을 안겨줬다.

나를 애그롤이라고 부르는 친구들도 있다. 한창 애용하던 인터넷 아이디가 이름으로 통용됐다. 애그롤일 때 나는 호기심 많은 개구쟁이가 된다.

레아도 있다. 레아는 나의 세례명이다. 레아라고 불릴 때

나는 폭폭 삶아 널어놓은 행주처럼 깨끗한 마음이 된다.

이름 마다 추억과 사랑과 아픔과 성장이 담겨있다. 어떤 이름으로 불리든 나는 나일 테지만 이름에 따라 조금씩 다른 기분이 든다.

그리고 얼마 전 효원이 됐다. 친구의 어머니가 지어준 이름이다. 새 이름을 가지고 나는 또다시 새로운 첫 걸음을 내딛는다. 또 다른 추억과 사랑과 아픔과 성장을 향해.

당신은 지금도, 충분히

초판 1쇄 펴낸날 | 2010년 12월 20일

지은이 | 김효원
펴낸이 | 이금석
기획·편집 | 박수진
디자인 | 박은정
마케팅 | 곽순식, 김선곤
물류지원 | 현란
펴낸곳 | 도서출판 무한
등록일 | 1993년 4월 2일
등록번호 | 제3-468호
주소 | 서울 마포구 서교동 469-19
전화 | 02)322-6144
팩스 | 02)325-6143
홈페이지 | www.muhan-book.co.kr
e-mail | muhanbook7@naver.com

가격 11,500원
ISBN 978-89-5601-273-5 (13810)